電話の佐藤さんは悩殺ボイス

Naoko & Ryoya

橘 柚葉

Yuzuha Tachibana

EB
エタニティ文庫

目次

電話の佐藤さんは悩殺ボイス

第一章

（さぁて、今からは私のご褒美タイムだ！）

毎週金曜日の昼休憩に入る五分前。この時間は、私にとって待ちに待った時間だ。

手元には受注用の書類、ボールペン、メモ帳を置く。準備オッケー、抜かりなし。

私は、ワクワクする気持ちを抑えながら電話の受話器を取る。

すでに暗記している電話番号をゆっくりとプッシュしていくのだが、ドキドキしすぎて手が震えてしまう。

もう少しで待ち焦がれていた〝あのお方の声〟を聞くことができる。そう思うだけで、興奮してしまうのだ。

「きゃぁぁぁ！」と叫んで飛び跳ねたい気持ちをグッと堪える。なんと言ってもここは会社、私は社会人。ＴＰＯはわきまえていますよ、はい。

私は吉岡奈緒子、二十五歳。目はクリッと丸く、背丈は百五十五センチで小柄な体形だ。

肩先で揺れる長さの髪は、一度もカラーリングしたことがなく艶やかで真っ黒。この髪だけは、胸を張ってチャームポイントだと言える箇所である。

その一方、この幼く見える容姿のせいで、未だに高校生と間違われるのが難点。なのに、声だけは落ち着いて聞こえるらしく、声と実物のギャップが激しいとよく言われてしまう。

それが原因なのか、ただ単にモテないだけなのかわからないが、未だに彼氏と呼べる人がいたためしがない。年齢＝彼氏いない歴という、あまりめでたくはない記録を伸ばしている真っ最中だ。

大学を卒業後、外食産業向けデザートの製造販売に力をいれている金本スイーツに入社し、営業部に配属されて三年が経った。

営業事務として書類作成やデータ入力、電話での受発注に対応するのが主な仕事である。

そんな私にとっての〝ご褒美〟とは、ＡＭＢコーポレーション国内物流部にいる佐藤さんという男性の声を聞くことなのだ。

ＡＭＢコーポレーションは大手食品流通会社で、外食産業をはじめ、ホテルなどにも仲介企業として商品を卸している。最近では社員食堂や学校給食関連とも取引があるようだ。

金本スイーツとしては、ＡＭＢコーポレーションは大きな利益を生む大事な取引先だ。注文数も多いので、受注時には他よりも神経を使う。

浮かれている場合じゃないことはわかっているけれど、頬が緩んでしまうのは許してほしい。

佐藤さんの声は、フェロモンダダ漏れ——大人の男性の魅力を存分に味わえる、ステキすぎる声なのである。その上、紳士的で優しい言葉遣いなので、人柄にもときめいてしまう。

元々、紳士的で王子様のような男性が理想のタイプだった私は、初めて佐藤さんの声を聞いたとき、「本物の王子様みたい！」と、感動したものだ。

佐藤さんのファンは、私だけじゃないと思っている。きっと世の女性たちを腰砕けにしているに違いない。本当に恐るべしだ。

高まる気持ちを感じながらコール音を聞いていると、ＡＭＢコーポレーション国内物流部へと電話が繋がる。

（ご褒美タイムの始まり、始まりだ！）

私は背筋をピンと伸ばし、よそ行き声を出す。

「いつもお世話になっております。金本スイーツの吉岡です。国内物流部第一課、佐藤さまはいらっしゃいますでしょうか？」

『少々お待ちください』という女性社員の言葉のあと、保留メロディーが流れる。この間に浮き立っている心を落ち着かせるため、唇をキュッと横に引く。

今までに何度も佐藤さんと電話をしているのに、未だに魅力的な声に慣れない。だからこそ、胸の鼓動が鎮まらないどころか、ますます高鳴ってしまうのだ。

プツリと保留メロディーが止まる。そのあと聞こえてくるのは、今だけの私の王子様の声。

『お待たせいたしました。吉岡さん、いつもお世話になっております、佐藤です』

その第一声に、私の身体は電流がビビビッと走るような衝撃を感じた。

（やっぱり、いい。すっごく、いい！）

思わず感嘆のため息が零れてしまいそうになる。ボイスレコーダーにでも録音して、何度も繰り返し聞いていたい。

いや、待て待て、今は仕事中だ。ボーッとしている暇などない。

私は、すぐに我に返って挨拶をした。

「こちらこそ、お世話になっております」

電話の先にいる佐藤さんには見えないのに、私は受話器を握り締めてペコペコと頭を下げる。

これって〝電話あるある〟だと思う。会社員なら、誰もが取引先との電話でやったことがあるはずだ。

それがなんだかおかしくて口元が緩みそうになるものの、今はきちんと仕事をせねばとグッと堪える。

「先ほど佐藤さん宛てにＦＡＸをお送りしました。お手元に届きましたでしょうか？」

『はい、ありがとうございます。これは……以前いただいたパンフレットの商品発注用紙ですね？』

「はい、そうです。来週より手配ができるようになりますので、お知らせいたしました」

『わかりました。では、こちらは社内で検討させていただきますね』

佐藤さんは安定の美声で『この件については後日連絡します』と続ける。

ああ、もう止めて。こんなにセクシーで大人な色気を振りまく声を聞いたら、蕩けてしまって仕事にならない。

彼は何も悪くないのに、心の中で八つ当たりをしてしまう。ああ、佐藤さんはなんて罪作りな人なんだ。

頬が緩んでしまいそうな自分を叱咤していると、再び美声が私の耳をくすぐってくる。

『では、今週の発注なのですが……よろしいでしょうか？』

「はい、承ります」

気持ちを切り替えて、仕事に集中しなくては。

基本、注文はＦＡＸかメールを送ってもらうのだが、完全受注生産商品のみ電話でも受注している。

なんでもシティホテルに卸すものらしく、顧客からの要望が細かい。だからこそ電話での相談が必要になってくる。今日も細かい指示が入り、それをすべて受注用紙にメモしていく。

『以上となります。一気に色々話してしまいましたが、大丈夫ですか？　吉岡さん』

「お気遣いありがとうございます、大丈夫です。ご注文は以上でよろしいでしょうか？」

抜け落ちがないかメモを確認したあと、電話先の佐藤さんに問いかける。

すると、耳に心地よい、低く魅惑的な声で彼は答えた。

『はい。今の内容は、あとでメールもお送りしますね。そちらも確認をお願いします』

「畏まりました。よろしくお願いします。では、また来週、この時間にお電話させていただきます」

『はい、お願いします。失礼いたします』

「失礼いたします」

これで私のご褒美タイムは終了だ。

ゆっくりと受話器を置いてから、うっとりとしたため息をつく。

今日も、電話の佐藤さんはステキすぎた。王子様の名に恥じない極上な声だった。

（はぁー、ステキ。どうして佐藤さんはあんなに格好いい声なんだろう）

会ったことがない声だけの付き合いなのに、ここまで陶酔するのはおかしいだろうか。

自分でもその辺りは突っ込みを入れたいぐらいだ。

私の経験から、声の印象と本人の性格は一致しないと思っている。今までも電話の相手を想像したことがあるが、実際にその相手と会っている部の営業マンからは、イメージとかけ離れた人物像を聞いてばかりだ。

だけど、佐藤さんだけは特別。絶対にリアル佐藤さんもステキな人のはず。私の期待通りの王子様に違いない、と信じて止まない。

佐藤さんとの電話は金曜日のみ。私が彼と電話する日をどれほど待ち焦がれているか。またあと一週間も声を聞くことができないのかと思うと寂しくなってしまう。

ほぅ……、と何度目かわからぬため息を零していると、誰かが私の肩にポンと触れた。

慌てて振り返ると、そこには外回りを終えて戻ってきた渡部さんが、ニヤニヤと笑って立っている。

「お疲れ様です。どうしたんですか？」

「どうした、は俺が言いたいんだけどな」

クックッと笑いを噛み殺すように肩を震わせている渡部さんは、ぽっちゃり体形の男性だ。

見た目は、可愛らしいくまのキャラクターを彷彿とさせる容姿をしているが、中身は兄貴肌で営業部一の成績を誇る営業マンである。

私より五つ年上で、後輩である私を何かと気遣ってくれる優しい先輩だ。

そんな渡部さんは、〝あの〟佐藤さんがいるＡＭＢコーポレーションの営業担当をしている。

以前、渡部さんに佐藤さんのことを聞いたことがあるが、『内緒。会ってみればわかるよ』とニヤニヤ笑うだけで詳しいことは教えてくれなかった。

私が佐藤さんの声に陶酔していることを知っていて意地悪するのだ。会えないからこそ教えてもらいたいのに。渡部さんのいけず。

ただ、しぶとく聞き続けて得た情報によると、佐藤さんはやっぱりイケメンだとか。

ああ、一度会ってみたい。いっそ遠目でいいから拝んでみたいなぁ。

前にそんなことを言ったら『遠目で拝むって……間近で挨拶しろよ』と渡部さんに呆れられてしまった。でも、憧れの人物を目の前にして、冷静でいられる自信はない。

私は、未だに肩を震わせて笑っている渡部さんを白けた目で見つめる。

私の冷たい視線を感じ取った渡部さんは、笑いを無理矢理抑えながら、もう一度私の肩をポンと叩いた。

「受注の電話で幸せそうな顔をするのは、お前ぐらいだぞ。吉岡」

「うっ……」

どうやら先ほどの一部始終を見られていたようだ。私がギクリと肩を震わせると、渡部さんは訳知り顔でニヤニヤと笑う。

「その様子だと、ＡＭＢコーポレーションの佐藤さんと話していたんだろう？」

すべてお見通しらしい。グッと押し黙る私と再び笑い出した渡部さんを見て、隣の席に座る同期、遠野保奈美（とおのほなみ）が呆れ顔で話に入ってきた。

「ちょっと、奈緒子。アンタ、やっぱり佐藤さんに恋しちゃっているんじゃない？」

「そんなことないよ！　ステキだなぁって思っているだけだよ？」

私は手を組んで夢見がちに言うと、すぐに保奈美から反論の言葉を投げつけられる。

「電話の佐藤さんに憧れすぎて現実の男に目を向けることができずにいるくせに、よく言うわよ。そんなことだから未だに恋人ができないのよ」

「うー、それはその……縁がなかっただけだし！」

「縁がないんじゃなくて、奈緒子が自分から遠ざかっているんでしょ？」

保奈美が手厳しいのには理由がある。私が合コンのお誘いをずっと断っているからだ。

元々合コンにいい思い出がないので、単に行きたくないだけなんだけど、保奈美には疑われている。私が佐藤さんのことを好きだから、合コンに参加しないのだと。

別に佐藤さんとどうにかなりたいなんて思っていない。

私は本心から、ステキな人だなぁと憧れているだけだ。

それに、万が一、私が抱いている感情が恋というヤツだったとして、何か不都合があるというのか。

渡部さんと保奈美に憤慨して言うと、二人は顔を見合わせてから盛大にため息をついた。

「確かに佐藤さんは生身の人間だけどさ。奈緒子がしていること、考えていることは二次元のヒーローに憧れを抱いているのと一緒じゃない。佐藤さんは実在しているんだから、憧れだけじゃなくて一歩踏み込んでみなよ」

「別にいいでしょ！　佐藤さんと付き合いたいなんて思っていないし」

確かに保奈美が言う通り、私の中の佐藤さんは、アニメや漫画のヒーローとあまり変わらないのかもしれない。

どこかで、憧れだけで終わらせたいと思っている自分がいるのだ。

電話の声からイメージしていた人物像と本人は、全然違うことも多々ある。

佐藤さんに夢を見て、キャアキャア言って騒いでいるうちが華ということだってあるからだ。

だけど、どんな人なのか会ってみたい、仕事から離れて話してみたい。そんなふうに思っていることも確かだ。全くもって面倒くさい女心である。

頭の片隅であれこれ考えていると、渡部さんはニヤッと楽しげに笑った。

「遠野が言うことも一理あるな」

「渡部さんまで、そんなこと！　いいんです。憧れは憧れのまま。想いはキレイなままがいいんですよ」

「そんなこと言って現実の男に目を向けないようじゃ、いつまで経っても嫁には行けないぞ？」

「渡部さん、それセクハラですよ！」

「何を言う。親心だ」

胸を張って言い切る渡部さんを見て力が抜ける。いつから貴方は私の親になったんですか。

ガックリと項垂（うなだ）れる私に、渡部さんは神妙な顔をして言う。

「吉岡、お前いくつになった？」

「ちょっと、渡部さん！　女性に年齢を聞くのは失礼にあたりますよ」

「大丈夫、俺とお前の仲だ。で？　何歳になったんだ？」

隠したところで入社年数で計算すれば、私の年齢などすぐにわかる。

渋々口にすると、渡部さんは「ふむ……」と考え込む仕草をした。

「吉岡さ、営業部でやった花見のときに言っていたよな。恋人いない歴は年齢と一緒だって」

「……」

酔ってそんなことを言っていたのか、私は。花見のときの自分を殴り飛ばしたい。

実姉は来月に結婚式を挙げるというのに、私ときたら男性と付き合ったことがないなんて。

姉妹間の格差がありすぎて泣けてきてしまう。

しんみりしている私を横目に、渡部さんはしみじみと呟く。

「ここらで一つ、吉岡の妄想癖(もうそうへき)を直して、現実の男に目を向けさせることが必要だと思うんだよ、俺は」

「余計なお世話です」とブーブー文句を言い続けると、渡部さんは人の悪そうな笑みを浮かべた。

イヤな予感しかしなくて、私は身震いをする。

「と、言うことで。吉岡に朗報(ろうほう)だ」

「あまり内容を聞きたくはないんですが……」

そそくさと逃げだそうとする私の退路を、渡部さんのふくよかな身体が塞(ふさ)ぐ。

思わず眉を顰(ひそ)めると、渡部さんは不敵な表情で言った。

「実は、ＡＭＢコーポレーションの国内物流部の仲間内で、今度デイキャンプをするんだってさ」

「は、はぁ」

訝しげに頷く私に、渡部さんはフフンと含み笑いをした。

「で、そのデイキャンプ、俺も声かけられているんだ。吉岡、お前も一緒に行かないか？」

「え……えぇ⁉」

思わず叫んでしまい、慌てて手で口を押さえる。

「ただ、国内物流部のメンツだとは聞いているんだけど、佐藤さんが来るかどうかはわからないんだ」

「……」

「それでも行ってみる価値はあると思う。どうする、吉岡。興味はあるだろう？　佐藤さんに会えるかもしれないチャンスだぞ？」

確かにチャンスかもしれない。

こうして電話で話すだけの関係だ。このままなら一生想像するだけ、憧れるだけになってしまうだろう。それでも構わないとも思うけど……興味があるのも事実だ。

だけど、会わない方が幸せだったということになるかもしれない。

両極端の気持ちを天秤にかけて、最終的には好奇心に負けた。

「……行ってみたいかもです」

なんとも曖昧な返事をした私を尻目に、渡部さんは早速動き出してしまった。

「じゃ、幹事をする先輩に連絡しておく」

「せ、先輩?」

「そう。実はAMBコーポレーション国内物流部に、高校のときの先輩が勤めていてさ。今回俺を誘ってくれたのはその縁でもあるんだ」

サクサクと計画が進められていくのを、ただ唖然として見つめてしまう。

渡部さん、だてに我が社ナンバーワン営業マンじゃないな。

「うちの女性社員にも声かけてこいって言われていたからちょうどいい。助かったなぁ」

なんだか嵌められた感じは拭えないが、電話でしか話したことのない佐藤さんに会うのは楽しみでもある。もちろん怖い気持ちもあるのだけど……

(間近で佐藤さんの声を聞けるチャンスかもしれないんだ……こんな機会、二度と巡ってこないよね)

私はギュッと拳を握り締め、佐藤さんとの対面に心を躍らせた。

＊＊＊＊

今日は待ちに待った、ＡＭＢコーポレーション国内物流部の人たちとデイキャンプだ。

私はこの日のために、色々と準備をしてきた。

なんと言っても、憧れの佐藤さんとご対面するかもしれないのだ。気合いが入るというものである。

もう一度自身の格好をチェックして、抜かりはないかと目を光らせた。

黄色の花がプリントされているシフォン生地の白色チュニックに、膝上十センチ丈のキュロット、足下は白のレースが可愛いストラップサンダル。今日は可愛い路線でコーディネートしてみた。

だけど、チュニックは背伸びをし、肩に入ったスリットから動くたびに肌が見えるような、セクシーなデザインを選んだ。

憧れの王子様、佐藤さんに少しでも「金本スイーツの吉岡は可愛い子だった」と思わせたい。その一心で選んだ服だが、果たして彼の目にはどのように映るのだろう。

意気揚々と今日を迎えた私は、金本スイーツ近くにある地下鉄の駅で渡部さんと待ち合わせした。

なんでも主催者である渡部さんの先輩が車を出してくれるらしく、そこに便乗させてもらうことにしたのだ。

車に揺られること一時間半。ようやく目的地のキャンプ場に着いた。

そこはファミリーや私たちのように社会人グループで来ている人たちもいて、かなり賑わっている。

今回借りたのはデイキャンプ専用の区画で、近くに小川が流れていてロケーションも最高だ。

しばらくして参加メンバー全員が集まったので、まずは自己紹介をという流れになる。と、言っても私だけが新参者なので、トップバッターは私だ。

「いつもお世話になっております。金本スイーツの吉岡奈緒子です。今日はお邪魔させていただきます」

ペコリと頭を下げると、温かい拍手に包まれる。ホッと顔を上げた瞬間、一人の男性と目が合った。

(あ……すごく背が高い。それに、格好いい！)

緩(ゆる)くウェーブがかかった黒髪、百八十センチ以上はあるかと思われる背丈、一見スラリとした体格なのにバランス良く筋肉が付いている。肌が少し小麦色で、お日様の下がとてもよく似合う人だと思った。それにワイルド系な風貌(ふうぼう)で、大人の色気を感じる。

そのあとも参加者の自己紹介は続いたけれど、私はそのステキな男性から目が離せなくなってしまった。

するると、彼が近くにいた女性に声をかけた。

「暑さで体調が悪くなったか？　少し待っていろよ」

そう言って、その男性は手慣れた様子でタープと呼ばれる日よけを広げ、女性陣に声をかけた。

「日差しが強いから、タープの下に移動して」

確かに今日は日差しが強くて、日傘が欲しいと思っていたほどだ。周りの女性陣も同じことを考えていたのだろう、口々にお礼を言っている。

さらに、女性陣が移動している最中、具合が悪そうな女性をその男性はさりげなく助けていた。それを見て、とても優しい人だなと胸がキュンと高鳴る。

私がその男性に見入っていると、「おい、佐藤。自己紹介、お前の番だぞ」と周りの男性陣が彼に声をかけた。

今、佐藤と言わなかっただろうか。目を丸くして、その男性を見つめると、彼は私に軽く頭を下げた。

「佐藤だ。よろしく」

「おい、それだけかよ。佐藤は相変わらずだなぁ」

渡部さんの先輩が、豪快に笑って佐藤さんの肩をバシバシと叩いた。一方の佐藤さんは、迷惑そうに眉を顰めている。

不機嫌な様子の彼を見かね、渡部さんの先輩が代わりに紹介をし始めた。

「佐藤亮哉、三十三歳。独身で彼女は今、いなかったよな？」

ジトッとした目で先輩を見ながら、彼は小さく頷く。

その様子を見て肩を竦めたあと、その先輩は「これで今回のメンツは以上でーす！」と言って、陽気に笑った。

このステキな男性が〝電話の佐藤さん〟だったなんて、ビックリしてしまった。

私が想像していた佐藤さんとは少しイメージが違っていたけど、格好いいものは格好いい。渡部さん情報は間違っていなかったということだ。

そのあとは、各自バーベキューの準備に取りかかった。私もお手伝いをしながら、チラチラと佐藤さんを盗み見る。

最初は、佐藤さんってどんな人なんだろう、と期待して様子を窺っていた。

けれど、観察を続けたこの小一時間で、彼に対してどこか威圧的というか、怖そうというイメージが出来上がりつつあった。

例えば、道具をうまく使えず困っている人がいたとき。

「それはこっちだ。ったく、しょうがないな。貸してみろ」

と、ぶっきらぼうな態度で言って、佐藤さんが代わりに作業をし始めた。それに男性数名と話しているときも、紳士とは程遠い口ぶりで。

まさかあの佐藤さんが、そんな口調で話すだなんて想像もしていなかった。

電話での彼は丁寧な口調で優しげな雰囲気なのに対し、プライベートではよく言えば男っぽい、悪く言えば荒っぽい言葉遣いなのだ。

電話での話し方が佐藤さんの常だと思っていた私にしてみたら、ビックリしたなんてものじゃない。

もちろん、普段は仕事なのだから、取引先に対して丁寧な口調で話すのは当たり前だろう。だから、佐藤さんが悪いわけじゃない。彼は常識的なことをしているだけだ。

ただ、あまりにもオンとオフのギャップがありすぎる。

私の中の、男の色気たっぷりで紳士的な王子様というイメージが音を立てて崩れた。代わりに、威圧的な男性という印象に塗り変わっていく。

（やっぱり憧れで終わらせる方がよかったんだ……）

少なからずショックを受けてしまった私は、無意識に人の輪から少し離れる。

憧れていた紳士的な王子様が、実は言葉遣いが荒っぽい男性だったなんて。

確かに実物の佐藤さんも格好よかったし、女性陣にさりげない優しさを見せていた。だけど、まとう雰囲気が想像と違いすぎて、そのギャップに戸惑ってしまう。

フラフラと足元がおぼつかないまま、気がつけば鉄製の網を置いた火元のそばまでやってきていた。

パチパチと木が爆ぜる音を聞きながら、呆然と火を見つめる。すると、急に「おい」という呼びかけとともに、肩を掴まれた。

驚いて振り向いた先には佐藤さんがいて、私は目を丸くする。

そんな私を、彼はギロリと眼光鋭く睨みつけてきた。

「そんなところにいると危ない」

「えっ！」

電話の佐藤さんなら、もっと紳士的な態度かつ、優しげな口調で話してくれるはずだ。

だけど、プライベートの佐藤さんの口調は鋭い。

未だに電話時と現実のギャップで呆気に取られていると、彼は五百ミリリットルのお茶のペットボトルを手渡してきた。

「それ持って向こうへ行け。ここには来るな」

「……っ！」

（そんな言い方しなくてもいいのに……）

思わず不平不満が表情に出てしまいそうになるのを、グッと抑える。

今日はＡＭＢコーポレーション国内物流部の皆さん、そして渡部さんの厚意で参加させてもらったのだ。ここで私が空気を悪くするわけにはいかない。

落ち着け、と自分に言い聞かせていると、佐藤さんは無表情のまま着ていたウインドブレーカーを脱ぎだした。

そしてそのウインドブレーカーを私の頭に被せてきたのだ。

私は慌ててウインドブレーカーを頭から取ったあと、佐藤さんを見つめる。

だが、彼は私の視線から顔を背けて、相変わらず威圧的に呟いた。

「煙臭くても我慢しろよ」

「えっと……？」

全く意味がわからない。彼のウインドブレーカーを腕に抱き、私はただ佐藤さんを見つめ続ける。

困惑の色を隠せない私に対し、彼は未だに視線を逸らしたまま口を開いた。

「この時期の紫外線を舐めていると、痛い目に遭うぞ」

「え？　え？」

オロオロしている私に、彼はやっと視線を向けてきた。

口を真一文字に引いたあと、佐藤さんは冷静な表情で私に指図する。

「それ、着ておけ」

「い、いらないです！」

フルフルと首を横に振り、手にしていたウインドブレーカーを返そうとすると、彼は有無を言わさないといった厳しい視線で私を見つめてきた。

「いいから黙って着ていろ。そうしたらタープに行って、茶でも飲んでな」

「っ！」

ピシャリと言いのける佐藤さんは、近寄りがたい雰囲気を醸し出している。

やがて彼は私に背を向け、焼き炭を柄の長いトングを使って並べ始めた。

その行動がなんだか私を拒絶しているように感じてしまう。

どうしようか、と戸惑いながら彼の背中を見つめる。

（確かに作業の邪魔だったかもしれないけど、言い方ってものがあると思うのよね！）

先ほどの佐藤さんを思い出すと、どう考えても初対面の人に対する態度じゃないはずだ。

再びムッとした私だったが、感情を露わにすることはできない。

今日の私は、あくまで金本スイーツの人間として参加しているのだ。

それなのに何か問題を起こしたら……想像するだけで恐ろしい。

私はウインドブレーカーを握り締めたあと、背中を向けたままの佐藤さんに頭を下げた。

「わかりました。すみません」

そう言って、皆さんがいるタープテントへと場所を移動した。

渡されたウインドブレーカーだが、佐藤さんに返そうとしたり、着ていなかったりすれば、再び怒られる可能性大である。

それだけは勘弁だ。私は不満を覚えつつも、ウインドブレーカーを羽織った。

そのあとは少しずつＡＭＢコーポレーションの人たちとも慣れて、デイキャンプを楽しむ。

時折佐藤さんに視線を送っては、イメージしていた王子様キャラじゃなかったと落胆するデイキャンプを終え、さて帰路につこうとしたときのこと。

「今日はお疲れさまでした。ありがとうございました」

ＡＭＢコーポレーションの皆さんにお礼と挨拶をしたあと、私は一台の車に恐る恐る乗り込む。

なんと私一人だけ、佐藤さんが運転する車で送ってもらうことになってしまったのだ。

今朝は渡部さんと一緒に金本スイーツ近くの駅で乗せてもらったが、私の住んでいるマンションからは遠い場所にある。

そのことを渡部さんが幹事の人に話したところ、帰りはマンションの最寄り駅まで送ってもらうことになったのだ。

（だけど、まさか、まさかで!!　どうして佐藤さん!?）

車に乗り込んだのはいいが、どうしても緊張してしまう。

やっぱり金本スイーツ近くの駅に降ろしてもらえばよかった。今更嘆（なげ）いてもすでに遅い。

次々に車は発車していき、ふと我に返れば佐藤さんの車が最後尾となっていた。

彼はトランクに荷物を積み込み終えたようで、運転席に乗り込んでくる。

その瞬間、ドクンと心臓が跳ね上がった。

車内に二人きり。それも相手は男性で、今日一日で憧れから苦手意識へ変わってしまった佐藤さんだ。

(やだ、どうしよう……)

緊張で手に汗が滲（にじ）んでしまう。

一人焦っていたせいで、彼が話しかけてきたことに気がつかなかった。

「……ろ。……シートベルト」

「へ？」

ハッと平静に戻ると、運転席に座った佐藤さんが訝（いぶか）しげに眉を顰（ひそ）めている。

「大丈夫か？　俺の話、聞いていたか？」

「え？　え？」

目を丸くして慌てまくる私に、佐藤さんはため息をついた。

「これから帰るから。きちんとシートベルトして」

「あ……はい、すみません」

どうやら佐藤さんは何度も私に話しかけていたようだ。申し訳なくて頭を下げたあと、急いでシートベルトをつける。

「シートベルト、しました」

ばつが悪くて小声で呟くと、「ん」と一言だけ返事をして彼は車のエンジンをかけた。

五月下旬、ここ最近は真夏を彷彿とさせるような暑い日が続いている。

今日のデイキャンプも、日差しが強くて暑かった。フロントガラスに照りつける太陽は、だいぶ弱まってきたが、空はまだ明るい。目を細めて外の様子を見ていると、佐藤さんの男らしい手が伸びてくる。

一瞬私に近づくのかと鼓動が大きくなったが、彼はエアコンの温度調節ボタンを押しただけだった。

(私ったら、何を慌てているの?)

佐藤さんの言動一つ一つが私の心を乱していく。

そうかと思えば、キャンプ中の怖いイメージを思い出し、どうしても気まずくなってしまう。

車はゆっくりと発進してキャンプ場を出る。佐藤さんの運転はとてもスムーズで、カーブを曲がっても身体が極端に傾くことはない。

運転が上手だな、と思いながら流れる景色を見つめていると、彼が口を開いた。

「アンタ、デイキャンプとかって初めて？」

「え？」

彼から話しかけてくるとは思っていなかったから、返事が遅れた。

佐藤さんは正面を見て運転したまま、心配そうに声をかけてくる。

「眠いか？　もし、眠くなったら寝ていいぞ」

「い、いえ。大丈夫です。……えっと？」

「デイキャンプ。慣れていない感じだったけど？」

「ああ、はい。初めてでした」

正直に頷くと、佐藤さんは真面目な口調で言う。

「だろうな。アウトドアはさ、アンタみたいにボーッとしていると危険なことが多いんだから。気をつけろよ」

「っ！」

ムッとして口を歪（ゆが）ませたが、それを慌てて隠した。

相手は取引先の人間で、直接仕事に関わってくる相手だ。大人の態度を取ろう。

だが、どうやら私の不愉快な気持ちは佐藤さんに伝わってしまったようだ。

運転席からフフッと楽しげな笑い声が聞こえる。

(今、佐藤さんが笑った……?)

今日一日、私を見るたびに仏頂面になっていたのに、今は確かに笑った、と思う。

信じられなくて隣に視線を向けると、彼は前を見据えたまま口を開いた。

「アンタ、電話での雰囲気と違うよな。もっと、しっかりしているかと思ったけど、実際はマヌケだな」

「な……!」

衝撃的すぎて言葉が出ない。唇を戦慄かせて驚く私に、佐藤さんはクックッと肩を震わせて意地悪そうに笑っている。

さすがにこれは頭にきた。

(誰だ、目の前の男が優しくて紳士的な王子様だって言っていたヤツは!)

私は先ほどまで必死に抑えていた感情を爆発させた。

「それは、こっちの台詞です!」

全くなんだって言うんだ、この男は。紳士とはかけ離れすぎている!

やっぱり今日のデイキャンプに参加しなければよかった。佐藤さんへの憧れは、憧れのままにしておけばよかったのだ。

しかし、今更嘆いてもすでに遅い。

私は佐藤さんから顔を背け、流れる景色を見続けた。

心の中は怒りと失望と……とにかく色々な感情が入り混じっている。

マンションの最寄り駅に着くまでの一時間、私たちは一言もしゃべることはなかった。

やっと駅前に着くと、ドッと疲れが出てくる。もうこれ以上、この険悪な雰囲気に身を置きたくない。

駅前のロータリーに車が横付けされると、私は慌ててシートベルトを外した。

「ここまで、ありがとうございました」

カバンを引っ掴んで扉を開くと、お礼もそこそこに車から降りる。

佐藤さんの顔も見ず、そして返事も何も聞かず、逃げるようにその場を走ってあとにしたのだった。

第二章

デイキャンプから一週間が経とうとしていた。

あれから私は気分が乗らず、未だにショックを抱えて過ごしている。

デイキャンプに誘われたときに感じた迷いは、自分自身への忠告だったのかもしれない。

電話で話すときと、実際の本人とのギャップは確かに存在する。わかっていたつもりだったけど、佐藤さんだけは違うと、何故か信じていたのだ。

もし過去に戻れるのなら、デイキャンプには行かず、佐藤さんへの想いは憧れのままにしておくだろう。今更何を言っても遅すぎるけど。

私は手元にある受注書を見て、大きくため息をついた。

今日は金曜日、時間はお昼休憩少し前だ。ＡＭＢコーポレーションに電話をしなければならない。

それがまた、私の気分を憂鬱(ゆううつ)なものにしていく。

これまでの私なら「今からご褒美(ほうび)タイムだ！」と喜び勇(いさ)んで電話をかけ、佐藤さんをお願いしていただろう。

受話器から聞こえてくる優しくて紳士的な佐藤さんの声が、私は大好きだった。

だけど、もうあのときめきを感じることはできない。だからこそ落胆(らくたん)しているのだ。

ああ、佐藤さんに電話をかけたくはないけど、これは仕事だ。社会人として、やるべきことはやらなければならない。

私は心の中で気合いを入れて、受話器を手にボタンをプッシュする。

いつものように取り次ぎを依頼し、保留メロディーを聞く。

（そういえば、デイキャンプのお礼を言うべきかな。だけど、仕事中なのだしプライベートのことは話さない方がいいのかも。でも……）

そんなことを考えていると、聞きたくなかった声が聞こえてきた。

『お待たせいたしました、佐藤です』

「い、いつもお世話になっております。金本スイーツ、吉岡です」

どうすべきか迷っている間に佐藤さんが電話に出たので、慌てすぎて声がうわずってしまった。いつもと明らかに様子が違う私に、佐藤さんは気がついているだろう。

だけど、電話口の彼は、今まで通りの優しく紳士的な王子様そのものだった。

『こちらこそお世話になっております。早速注文の方、いいですか？』

「はい。どうぞ」

気持ちを切り替えて、佐藤さんの声に耳を澄ます。

抜け落ちがないよう集中して書き込んでいき、すべての記入を終えた私は彼にお礼の言葉を言った。

いつもならこれで終わりだ。そして、「また来週、この時間にお電話させていただきます」という定型文を口にして受話器を置けば、ミッションクリアになる。

だが、今日はいつもとは違っていた。

『あ、それと……この前ＦＡＸしていただいた注文書のことでお聞きしたいことがありましてⓨ。商品番号が、NEB5937のクリームブリュレが入っているのですが……』

「はい。こちら毎年この時期にご注文いただいておりましたので、今年も是非と思い、お送りしました」

この商品、普段はAMBコーポレーションと取引をしていない。

だけど、過去の注文履歴を遡って見てみると、毎年この時期に一回だけ注文を受けていたのだ。

だから、今年も発注が来るのではないかと思い、佐藤さんに頼まれる前にFAXしておいたのだが……。もしかしたら、差し出がましかっただろうか。

最悪のことを想像しながら受話器を握り締めていると、佐藤さんは柔らかい声で言った。

『そうだったんですね、助かりました』

「え？」

驚いて声を上げる私に、彼は軽やかに笑う。

『実は、この時期にだけクリームブリュレを卸してほしいと言う業者さんがいるのですが、お恥ずかしい話、すっかり忘れてしまっていたのです。吉岡さんのおかげで見落としせずに済みました』

『ありがとうございます』と佐藤さんに感謝され、私の胸はこれ以上ないほど高揚してしまう。

デイキャンプでの一件で佐藤さんのイメージが脆(もろ)くも崩れてしまったわけだが、こうして仕事ぶりを褒められるのは嬉しい。

「いえ、お役に立ててよかったです」

『本当に助かりました。ありがとうございます』

相変わらず電話での佐藤さんは、とても優しく紳士的だ。それに胸がキュンキュンしてしまうほどいい声で、腰の辺りがモゾモゾする。

こうなってくると、本物の佐藤さんだって、もう少し思いやりがある言い方をしてくれればいいのにと思ってしまう。あんなに意地悪な感じでは、この美声がもったいない。

いや、本物もニセモノもないか。電話での佐藤さんだって、プライベートの佐藤さんだって、同じ人物なのだから。

心の中で愚痴(ぐち)りながら、「いえ、それでは」と電話を切ろうとする私に、佐藤さんは慌てた様子で『ちょっと待って』と声をかけてきた。そして、小声で囁(ささや)く。

『服。穴、開かなかったか?』

「え?」

なんのことだろうか。佐藤さんが言った意味がわからず、顎(あご)に手を当てる。

色々と考えを巡らせていると、電話口から小さく息を吐き出した音が聞こえた。

呆れられたのだろうか。だけど、意味がわからないのだから仕方がない。

『大丈夫ならいい』

素っ気なく言ったあと、佐藤さんはいつもの口調に戻る。

『では、失礼いたします』

「あ、はい」

ツーツーと電子音が響く。

私はその音を聞きながら、受話器を置くこともせずに再び考え込んだ。

佐藤さんは、一体何を聞きたかったのか。穴が開かなかったかと言っていたが、どういう意味なのだろう。

首を傾げながら、やっと受話器を置いた。

それと同時に、大事なことを思い出す。佐藤さんから借りたウインドブレーカーのことだ。

洗ってから返そうと思っていたのだが、考えてみればどうやって返せばいいのだろう。

渡部さんがAMBコーポレーションに行く際にお願いするべきだろうか。でも、無理矢理渡されたとはいえ、日焼けを防ぐために貸してくれたのだ。キチンとお礼を言いたい。

本当は帰り際にお礼を言って「このウインドブレーカーは洗ってお返しします。渡部さん経由でも大丈夫でしょうか?」と確認を取ろうと思っていた。

だが、車中のショッキングな出来事のせいで、頭の中からすっかり抜け落ちていたのだ。

さて、どうしたものか。ビジネスマンの佐藤さんに連絡したければ、ＡＭＢコーポレーションに電話をすればいいが、プライベートの佐藤さんにはどう連絡したらいいのかわからない。

ここはやっぱり渡部さんにお願いするしかないだろう。

私は昼休憩に入ったのを見計らって、渡部さんに相談することにした。

ついでに、先ほどのやりとりを一部始終話し、佐藤さんの言葉の意味も尋ねてみた。

すると、渡部さんは何かを思いついたように「ああ!」と手を叩く。

「そりゃあ、吉岡が火元にいたからさ。佐藤さんは慌てて避難させたんだよ」

「避難、ですか? どういうことです? 確かに火元は危なかったかもしれないですけど」

未だによくわかっていない私に、渡部さんはニッと意味ありげに笑う。

「だって、服に穴が開かなかったかって聞かれたんだろう?」

「はい」

私が神妙な顔つきで頷くと、渡部さんは急に真剣な面持(おもも)ちになった。

「焼き炭ってさ、結構爆ぜるんだよ」

「爆ぜる？」

「そう。しかもデイキャンプの前日、雨が降ったから湿気がすごかっただろう？　水分を含んだ炭を加熱すると、水蒸気によって余計に爆ぜるわけ」

「そうなんですか？」

湿っていると火が点きにくくなるというのはなんとなく想像できるが、爆ぜやすいというのは初耳だった。

感心して頷いていると、渡部さんはニンマリと意味ありげに口角を上げる。

「吉岡さ、気合い入れて可愛い服着ていたじゃん。火の粉が服について穴が開いたら大変だと、佐藤さんは思ったんじゃね？」

「え？」

「だから、佐藤さんは心配して吉岡を火元から遠ざけたんだよ」

「……」

渡部さんは黙りこくる私を見つつ、言葉を続けた。

「そういえばあのとき、佐藤さんが血相変えて吉岡のところに飛んでいったんだよ。そういうことかぁ」

戸惑っている私に、渡部さんは優しく諭してくる。

「前にさ、接待で佐藤さんと呑む機会があったんだけど、男っぽくてすげぇいい人だったよ。ただ、ちょっとシャイなところはあるかもしれないけどさ」

渡部さんはチラッと私に視線を投げかけてきた。

それに気がついたけど、私は情けない思いを抑えるのに必死だ。

理想の佐藤さん像を勝手に作り上げた挙句、イメージと違ったからとショックを受け、失礼な態度を取ってしまった。なんて大人気ないのだろう。

依然黙りこくっている私に、渡部さんはため息混じりに言った。

「吉岡が言うような王子様みたいな人じゃないけど、頼りがいのある男らしい人だよ。ウインドブレーカーは吉岡が直接返しな」

「そう、ですね」

その一言を言うのが精一杯だった。

あのキツい言葉の裏に隠された、佐藤さんの優しさ。それを今更わかっても遅い。

あの日、あのときにお礼を言うべきだった。

私の気持ちを酌んでくれたのだろう。渡部さんは、私の肩をポンポンと叩くと、何も言わずにその場をあとにした。

残された私は自席に戻ってデスクに肘をつき、頭を抱えた。

優しさ。それが電話の佐藤さんにも、プライベートの佐藤さんにも共通していることは、あのデイキャンプの日にわかっていたのに……

渡部さんに指摘され、罪悪感が押し寄せてきた。

来週電話をするとき、それとなくデイキャンプの話題を出して謝ろうか。だけど、仕事中にプライベートな話はしにくいし……

どうしたらいいものか、と悩んでいた私に、思いがけず再び佐藤さんと会うチャンスが巡ってきたのだ。

＊　＊　＊　＊

六月に入って初めての日曜日。私は、最近できたばかりの結婚式場に来ていた。お姉ちゃんのハレの日だからだ。

ジューンブライドに憧れていたお姉ちゃんは、今日の良き日に、三年間付き合っていた恋人とめでたく結婚式を挙げた。

式は滞りなく終了し、次に披露宴会場へと場所を変えたとき、私は〝ある人物〟の姿を見つけた。

本日はお日柄もよく——そんな常套句で始まるスピーチが行われているが、申し訳ないことに内容は全然頭に入ってこない。

私の視線は、新郎友人席にいる〝ある人物〟に注がれている。

(佐藤さん……お義兄さんのお友達だったんだ)

今日のために新調したパーティードレスの裾をギュッと握り締め、私は佐藤さんをまっすぐ見つめる。

こちらを見ないかな、そんなふうに思いつつも、本当に佐藤さんが私の存在に気がついたときにどんな対応をしていいのかわからないのだけど。

それにしても、こんな身近なところで繋がりがあったなんてビックリだ。世間は狭いと言うけど、本当だなぁと改めて実感する。

「あ……!!」

あまりにジッと見すぎてしまったせいか、佐藤さんがこちらに目を向けてきた。

彼も私に気がついたらしく、ビックリしたような表情を見せている。

しかし、すぐに佐藤さんは友人たちに連れられ、ひな壇の方へと歩いて行ってしまった。

新郎新婦たちに、お祝いの言葉を言っているのだろう。

彼らの様子を見ていると、仲がいいことがわかる。

お姉ちゃんも佐藤さんを知っているようで、とても和やかに話していた。

それが、どうしてか癇に障る。

（佐藤さん、私とお姉ちゃんとでは態度が違う気がする！）

私の身近な人間が佐藤さんを知っていたという事実が衝撃的で、どこか嫉妬めいたものを感じてしまう。

お姉ちゃんの方が、佐藤さんに近いところにいたことが面白くない。なんだか、とっても面白くない。

目の前に運ばれてきたステーキをナイフで切りながら、どうしてもイライラが隠せずにいた。

どうしてそんなに苛ついているのか。それがわからないからこそ、ますます苛立ってしまうのだ。

なのに、依然として私の意識は佐藤さんに向けられているのだから、救いようがない。

だが、ふと我に返る。これはチャンスじゃないだろうか。

デイキャンプでのことを謝罪したいと思っていたし、ウインドブレーカーも返したい。

なんとかしなくてはいけないと悩んでいたところに、チャンスが巡ってきたのだ。

披露宴が終わったら、なんとしてでも佐藤さんを捕まえて話をしよう。

その考えに至った途端、今度はドキドキと胸の鼓動が速くなり、緊張し始めてしまった。

身体が感情に素直すぎて、自嘲してしまう。

そのあとは幸せいっぱいの新郎新婦を遠くの席で見守り続け、披露宴は無事に終了した。

「いいお式だった」と列席者たちが口々に言いながら出口へと向かっていく。

私も慌てて席を立ち、すでに出口付近まで歩いて行ってしまった佐藤さんを追いかけた。

だが、一斉に列席者たちが動き出したため、なかなか披露宴会場から出ることができない。

やっとの思いで出たものの、人でごった返すフロアではなかなか彼を見つけられなかった。

このまま見失ってしまったらどうしよう。そんな不安を抱えながら辺りをキョロキョロと見回していると、やっと彼の背中を見つける。

話をするなら今しかない。私は勇気を振り絞って名前を呼んだ。

「あの！　佐藤さん！」

私が声をかけると、佐藤さんの周りにいた男性たちが一斉に振り向く。

驚いて立ち尽くす私に、彼らは近づいてくる。

「もしかして、吉岡ちゃんの妹さん？」

「あ、はい……」

見知らぬ男性たちに囲まれてしまい、戸惑いを隠せない。

用があるのは佐藤さんだけなのに、どうしてその周りにいた人たちが反応してしまったのか。それに、肝心の佐藤さんが見えなくなってしまった。

どうにか抜け出そうとする私に、彼らは次々に話しかけてくる。

「これから二次会なんだよ。一緒にどう？」

「なぁ、吉岡ちゃん。妹ちゃん、連れて行ってもいいだろう？」

盛り上がる面々に私はタジタジだ。

近くにいたお姉ちゃんに救いを求めるが、ニマニマと笑っているばかりで助けてくれそうにない。

私がパニックになっている状況を面白がっているのだ。

（あとで覚えておけ！）

恨みがましい視線をお姉ちゃんに送っていると、周りの男性たちは私の背中を押して促し始める。

さすがに遠慮しようと口を開いたとき、誰かに腕を掴まれた。

驚いてその人物を見て、また驚く。佐藤さんだったのだ。

「アンタは、俺に用事があるんだろう？」

「あ……えっと……」

急な展開に頭の中が真っ白になってしまった。

答えにならない言葉を紡ぐだけで、肝心なことは何一つ言えない。

何度も瞬きをして彼を見つめていると、佐藤さんは私の腕を掴んだままフロアを闊歩し始めた。

「ちょ、ちょっと佐藤さん!?」

慌てた私の耳に飛び込んできたのは、私を二次会に誘ってきた男性陣のブーイングだ。

だが、佐藤さんはそれを無視して、私を式場の外へと連れ出した。

そこはガーデンパーティーをするスペースのようだが、今朝雨が降っていたので足元が悪く、使われていない。

いつの間にかすっかり雨も上がり、晴れ間が見えている。葉に残る水滴に光が反射し、緑がキラキラと輝いて見えた。

今、ここの庭園には誰もいない。佐藤さんと二人きりという状況に、私は困惑状態だ。

なのに、目の前の佐藤さんは落ち着いている。

私一人でテンパっているのが恥ずかしくて、ギュッとドレスの裾を握り締めた。

デイキャンプのときの謝罪をしたい、ウインドブレーカーのお礼を言って返したい。

そう、心から願っていたはずだ。

それなのに、いざ本人を目の前にすると、言葉がうまく出てこない。

ふと、自分の右腕に目を落とす。未だに佐藤さんは私の腕を掴んだままだ。

チラリと彼に視線を向けて、やっぱり格好いいと見惚(みと)れてしまう。

今日の佐藤さんはネイビーのスーツを着ていた。ネクタイとハンカチーフはオフホワイト、その刺繍(ししゅう)や織り目がとてもキレイでセンスがいい。

容姿もよくて声もいい。優しくて……その上、男の色気もあって、心臓はドキドキしっぱなしだ。

私は佐藤さんの腕を振り払うことができず、ただジッと彼の手を見つめる。

男らしい手だ。そこから伝わるぬくもりを感じ、身体が何故か火照(ほて)ってしまった。

挙動不審(きょどうふしん)な私を尻目に、佐藤さんは話しかけてくる。

「で？　どうした？」

佐藤さんはやっと腕を放してくれたが、私はぬくもりが遠のいてしまうことを寂しく感じた。

そこでハッと我に返る。私には言うべきことがあるのだ。

慌てて取り繕(つくろ)い、コホンと一つ咳払いをする。グッと手を握り締めたあと、私は佐藤さんに勢いよく頭を下げた。

「この前は、すみませんでした」

「……」

沈黙が苦しい。あまりに無反応なので恐る恐る顔を上げてみると、佐藤さんは目を見開いて驚いていた。

なんのことだかわからないといった様子の彼に、私は慌てて説明をする。

「えっと、あの……この前のデイキャンプのとき、火元でボーッとしていた私を守ってくれたのに、お礼も言わなかったから！」

ごめんなさい、ともう一度頭を下げると、先ほどまで驚いて固まっていた佐藤さんが私から視線を逸らして呟く。

「いや……。俺も言い方キツかったから……」

「……っ！」

話し方はぶっきらぼうだったが、内容は優しい。私への気遣いが感じられた。

声もいつものようにフェロモンダダ漏れな感じではなく、照れているのがわかる。

何よりも一番私が驚いたのは、彼の頬が赤く染まっていたことだ。

デイキャンプ時の佐藤さんは素っ気ない感じだったのに、今は頬を染めて照れているなんて。

(可愛い!!　すっごく可愛い！)

彼らしくないからこそ、意外な一面に胸がキュンキュンしてしまう。

面と向かって佐藤さんに言ったら、絶対に顔を歪めて怒るに違いないから口には出さないけど、可愛いものは可愛い。

ギャップ萌えというヤツだろうか。何度も胸がキュンと鳴いてしまう。

今までは電話での佐藤さんしか知らなかった。けれど、デイキャンプでプライベートの姿を知り、今日また彼の違う一面を垣間見て——

もっともっと彼のことを知りたい。突然、そんな欲求が込み上げてくる。

佐藤さんは照れを隠すように咳払いをして、話を切り替えた。

「そういえば、この前のデイキャンプ、楽しかったか？」

「はい！」

私は大きく頷いたあと、あの日のことを思い出す。

佐藤さんのギャップにショックを受けていたが、デイキャンプ自体は楽しかった。

「すごく楽しかったです。いい天気すぎて暑いぐらいでしたけど……でも、自然の中で食べるご飯ってなんであんなに美味しいんでしょうね！　小学校の遠足を思い出しました」

「フッ……遠足前には興奮して眠れないタイプだっただろう？」

「うっ、どうしてそれを」

正直に答える私を見て、佐藤さんは声を上げて笑い出した。

（すごく優しい目で笑うんだ、この人）

それに気づいて、胸がいっぱいになり言葉が出てこない。

楽しげに笑っていた佐藤さんだったが、ふと笑いを引っ込めて私を見つめてきた。

まっすぐな視線に熱が込められている気がして、私の胸がドクンと大きな音を立てる。

キュッとドレスの裾（すそ）を握り締めていると、彼が口を開いた。

「デイキャンプ、また行けるなら行きたいか？」

「はい。また行けるなら行ってみたいです！」

もし再び行けるなら、今度はもう少しゆったりとした時間を楽しみたい。

前回はバーベキューをしたのだが、デイキャンプというのはまだまだ楽しみ方がありそうな気がする。

ワクワクしながら頷く私に、佐藤さんは優しげに目尻を下げた。

「じゃあ、今度、二人で行ってみないか？」

「え……？」

「デイキャンプ」

「ええっ！」

まさか、まさかのお誘いに目が丸くなってしまう。

目を何度もパチパチと瞬（しばた）かせていると、佐藤さんは私の顔を覗き込んできた。

その目は「どうする？」と問いかけてきているように見える。

嬉しすぎて声が出ない私は、慌てて何度も首を縦に振った。

そんな私を見て彼は眉を顰め、「きちんと言葉にしてくれ」と訴えてくる。

「行きたいです……佐藤さんとデイキャンプ！」

つい大きな声で叫んでしまい、恥ずかしくて逃げ出したくなった。

（どうしよう、私、かなりがっついていない？　佐藤さん、引いちゃったかも！）

自分でも何がなんだかわからない状態になってしまっている。

（佐藤さん、お願いだから何か返してください……！）

懇願に近い気持ちで佐藤さんを見上げると、彼は目尻を下げて柔らかく笑っていた。

「アンタって、電話のときの印象とは違うよな。デイキャンプのときにも思ったけど」

「そ、それは……仕事ですから。でも、そう言う佐藤さんだって全然違いますよ！」

「ハハハ。そういえば、帰りの車でもそんな話をしたよな」

クックッと肩を震わせ笑う佐藤さん。私は、彼の笑顔に釘付けになってしまう。

デイキャンプのとき、佐藤さんが私に向ける表情はしかめっ面ばかりで、笑顔なんて見せてくれなかった。

今にして思えば、あのときの佐藤さんは私のことを心配していたのだろう。だからこそのしかめっ面だったのかもしれないが、今は笑いかけてくれることが嬉しい。

飛び上がって喜んでしまいそうなほどだ。

ひとしきり笑った佐藤さんは、スーツのジャケットから携帯を取り出して画面を見せてくる。

覗き込むと、通話アプリの画面だった。私も使っているアプリだ。

「このアプリ、やっている？」

「あ、はい」

コクコクと何度も頷き、クラッチバッグから携帯を取り出して連絡先を交換する。

佐藤さんの連絡先をゲットできたことが嬉しくて、思わず心が弾んでしまう。

嬉々として携帯の画面を見つめていたが、大事なことを思い出した。ウインドブレーカーのことだ。

「佐藤さん、ウインドブレーカー、いつお返しすればいいですか？」

「そうだな……。今度、デイキャンプに行くときでいい」

「は、はい……！」

佐藤さんは社交辞令ではなく、本気で私をデイキャンプに連れて行ってくれるようだ。

すごく嬉しくて浮き立っている私に、彼は表情を曇らせた。

「デイキャンプにアンタを誘うつもりではいるんだが……」

「な、何か問題が？」

やっぱりその場の勢いで口を滑らせただけなのだろうか。

深刻そうな表情を浮かべる彼を見て、私は固唾を呑む。

「この前みたいな格好じゃあ、ダメだな。連れて行けない」

「あ……」

確かにあのときの服装はアウトドア向きではなかったかもしれない。

佐藤さんがウインドブレーカーを貸してくれたのだって、それが理由だ。

ダメ出しされても仕方がない格好だったことは否めない。

どうしましょう、と佐藤さんに視線を向けると、彼は腕を組んで頷く。

「デイキャンプに行く前に、色々予習しておくか？」

「え？」

「アウトドアショップ、興味ある？」

「あります！　連れて行ってください！」

「よし、じゃあ今度一緒に行くか」

その言葉通り、佐藤さんはその日のうちに連絡をくれて、アウトドアショップに行く日にちが決まる。

トントン拍子に進み驚きを隠せないが、急速に佐藤さんとの距離が縮まっていく気がして嬉しかった。

翌週の金曜日の夜。

「明日は休みだからゆっくりできるだろう」という佐藤さんの案で、アウトドアショップに行くことになった。

佐藤さん行きつけのお店が金本スイーツの最寄り駅付近にあるということで、駅の改札で待ち合わせをする。

ソワソワしながら待っていると、ホームから人が流れてきた。

この人混みの中に佐藤さんはいるのだろうか。

キョロキョロと改札を抜ける人たちを見ていると、探していた人物のシルエットが見えた。

「佐藤さん！」

思わず大きな声で呼んでしまい、慌てて口に手を当てる。

恥ずかしさで頬を熱くさせる私の前に、佐藤さんが立った。

「悪い。待たせたな」

「っ！」

初めて佐藤さんを見たときにも、格好いい人だと思った。

あのときは黒のポロシャツにスリムなカーゴパンツというラフな装いで、ワイルドな風貌にとても似合っていたことを思い出す。

でも、今日の佐藤さんは仕事終わりということでスーツ姿だ。

濃いグレーの細身のスーツに薄いブルーのシャツ、そしてネクタイは濃紺の格子柄。

清潔感あふれる装いだが、どこか妖しげな色気を感じる。

お姉ちゃんの結婚式でも彼のスーツ姿を見たが、やっぱりステキだ。

きっとＡＭＢコーポレーションの女性社員たちから、熱い視線をしょっちゅう注がれていることだろう。

何故か心の中がモヤモヤして、どうしたものかと思い悩む。すると、佐藤さんは腰を曲げて私の顔を覗き込んできた。

彼との距離が急に近くなり、私の身体は驚きのあまりピョコンと跳ねる。

「どうした？」

「い、いや……なんでもありませんよ？　えっと、その……とにかくお店に行きましょう！」

話をそらした私を面白そうに見ていた佐藤さんは、目元に笑みを浮かべる。

「そうだな、行こう」

「はい！」

佐藤さんに案内してもらってアウトドアショップへと向かう。お店は駅から歩いて五分程度の場所にあり、とても近くてビックリした。

　こんなに近くにあったのに、私はその存在すら知らなかったのだ。

　それだけアウトドアに関して興味がなかったということなのだろう。

　新境地と言っても過言ではないからこそ、踏み入れていい世界なのか躊躇(ちゅうちょ)しそうになる。

　だけど、何事も経験だと思って、お店の中へ入っていく。

「まずは、服だな」

「はい……って、色々あるんですね！」

　店内にはアウターにトップス、ボトムスと、色々なデザインのものがオシャレに展示されていた。色も豊富で目移りしてしまう。

「あ、これなんて可愛い！」

　気になったものを片っ端から手に取ってみる。ショートパンツにレギンスを合わせるのも可愛いし、このリネンシャツも肌触りがいい。クロップドパンツは動きやすそうだ。

　アウトドアだけでなく普段使いにもできそうなくらい、デザイン性が高い。

「これだとＵＶカットもついているし、吸湿(きゅうしつ)性にも速乾(そっかん)性にも優(すぐ)れているから快適だ」

「へぇ」

　感心してあれこれ見ていると、ウインドブレーカーを見つける。

身体に当ててみながら、佐藤さんを振り返った。

「これって佐藤さんが貸してくれたウインドブレーカーの色違いですよね？」

「ああ、そうだな。でもそれは今年の春モデルだ。俺のは数年前に買ったヤツだから」

「そうなんですね」

「防風、防水加工もしてあるし、体温調節するには、ウインドブレーカーは必需品だな」

「へぇ。じゃあ佐藤さんと同じのを買おうかなぁ」

他の服も気になったが、このラインナップを見る限り、クローゼットの中にある服で代用できる。

だけど、こういったウインドブレーカーは一着も持っていないから、手元にあれば何かと重宝しそうだ。

それに、佐藤さんとお揃いのブランドだと思うと、嬉しくてウキウキしてしまう。

「形から入るタイプだな、アンタ」

「形だって大切です！」

むきになってふてくされる私に、彼は目尻を下げて破顔する。

「いいんじゃないか？　好きになる入り口はさ、人それぞれだから」

「っ！」

ドクンと大きく胸が鳴る。顔がジワジワと熱くなっていくのが、自分でもよくわかった。

私は誤魔化(ごまか)すように咳払いをしたあと、店の奥を指さした。

「あっちにある機械は何に使うんですか？」

「ああ。あれは調理器具だな。見るか？」

「はい！」

大きく頷いて店の奥へと歩を進める。私は佐藤さんの後ろに回り、こっそりと自分の頬に手を当てた。

顔が真っ赤になっていることに、どうか佐藤さんが気づきませんように。

そんなことを祈りながら、私は見たことがないアウトドアグッズに視線を移した。

＊　＊　＊

（ったく。無駄に可愛いんだよな、彼女）

ふと手を止め、俺——佐藤亮哉は先日のアウトドアショップでの出来事を思い出す。

彼女に貸したウインドブレーカーと同じブランドの物を身体に当て、『これって佐藤さんが貸してくれたウインドブレーカーの色違いですよね？』と言ったときの彼女の笑顔はとても可愛かった。

俺と同じものが欲しいと彼女は言っていたが、その言葉に深い意味はないのだろう。何気（なにげ）ない言葉に目の前の男が心躍（おど）らせていただなんて、彼女は知らない。

『今度はデイキャンプですね！』

そう言って、俺とのデイキャンプを楽しみにしていると笑う彼女は、思わず抱き締めたくなるほど愛（いと）おしかった。

思い返せば、彼女とは一年前に知り合った。と言っても、初めは声だけの付き合いだ。電話で話しているだけの頃も、彼女は好印象だった。真面目で、きちんと仕事をしているイメージだったからだ。きっと実際も、落ち着いていて大人っぽい人だろうと思っていた。

彼女には言っていないが、実はデイキャンプで出会う数ヵ月前に、俺は金本スイーツ本社ビルで彼女を見かけたことがある。

そのとき、彼女は同僚がコンタクトレンズをなくしたとかで、必死に捜してあげていた。

それこそ事務服が汚れるのも厭（いと）わず、床にはいつくばって目を皿のようにして捜していたのである。

（自分も一緒に捜してあげようか）

そう思って声をかけようとしたときだ。

「あったぁ‼」

突然そう叫び、くるりとターンを決めて喜ぶ彼女を見て、驚いたなんてものじゃなかった。

しかも彼女のネームプレートには、いつも電話をくれる吉岡さんの名前が書かれていたのだ。

彼女を真面目で落ち着いた人だとイメージしていた俺には、同一人物だとはとても思えなかった。

けれど、あの可愛らしい声は間違いないと確信する。

電話での彼女と実際の彼女。そのギャップにやられてしまうのに時間はかからなかった。

彼女――吉岡奈緒子に興味を持った瞬間だった。

俺は元々恋愛には淡泊で、ここ数年恋人はいなかった。だが、彼女にだけは惹かれる何かを感じていたのだ。

しかし、彼女と仕事で電話をする以外の接点は皆無だ。

まさか仕事中に口説くわけにもいかず、どうしたものかと考えあぐねていたときに、あのデイキャンプで会えることになったのだ。

彼女が参加しているなんて思ってもいなくて、嬉しい反面、かなり緊張していたのは誰にも内緒だ。

しかもひょんなことから再会し、近々デイキャンプに行こう、という約束まで取り付けた。

（そろそろスケジュールを合わせるか……）

金本スイーツの発注書を手にそんなことを考えていると、「佐藤、ちょっといいか？」と部長に手招きされる。

「あ、はい」

一体何の話だろう。先日提出したデータに間違いでもあったのか。もしかしたら、この前話していた新規の食堂参入についての話かもしれない。

などと首を捻(ひね)りながら部長室に入ると、何故か扉を閉められた。

どうやら人に聞かれたらまずい類(たぐ)いの話らしい。

気を引き締めて部長の前に立つと、ソファーに座るように促(うなが)された。

警戒しつつ座る俺に、部長は感情が読めない表情で口を開く。淡々とした口調で伝えられた内容は、予想外のものだった。

「異動……ですか」

「ああ。お前の仕事ぶりを向こうさんも認めていてな。是非、うちに欲しいと言ってきた」

「……」

部長が言う〝向こうさん〟とは、名古屋支社の製品管理部のことだ。

最近、課長ポストが空いたと噂には聞いていた。

名古屋支社の製品管理部を経て、本社に戻る――それがこの会社における出世コースのテンプレである。誰がそのポストに就くのか、話題に上っていたのは知っていた。

そのポストに俺を、と言ってくれるのは正直嬉しい。

だが、今の俺には、異動先の詳しい話を聞く余裕はなかった。

脳裏（のうり）に浮かんだのは、吉岡奈緒子の笑顔だ。

彼女の笑顔を思い浮かべて、苦しい気持ちになるときが来るなんて思ってもいなかった。

彼女とのこれからを考えていた矢先に異動話とは……タイミングが悪すぎる。

「この話は、今年中には動くと思う」

「部長……」

「私としても、お前を手放したくないのだが……佐藤の今後を考えれば、とてもいい話だと思う」

「……」

「心づもりだけはしておいてくれ」

「わかりました」

そこで話は終わり、俺は上の空で部長室を出る。

「勘弁してくれよ……」

力なく呟いた俺の言葉は、ますます自分の心を苦しめるものとなった。

第三章

梅雨真っ只中の六月中旬、土曜日。

今年は空梅雨かと憂うほどに、ここ最近は雨が降っていない。

週間天気予報を見ても土曜日は快晴だということで、佐藤さんからデイキャンプのお誘いがきた。

もちろんOKをした私は、それ以降、彼からのメッセージを何度も見ては土曜日を心待ちにしている。

当日、私のマンションの最寄り駅で待ち合わせをし、佐藤さんの車でキャンプ場へと繰り出す。

前回行ったところではなく、今回は別の場所にしたと彼は言う。

「この前は大人数だったから大きな区画があるキャンプ場にしたけど、今回は二人きりだし静かな場所の方がゆっくりできるから」とのことだ。

目的地に到着し、車から降りた私は辺りをグルリと見回した。

「うわ……すごくいいところですね」

「ゆっくり自然を満喫するには、いいキャンプ場だろう？」

佐藤さんが連れてきてくれたのは、車で二時間ほど走った先にある県境付近のキャンプ場だった。

湖畔にあるキャンプ場は、自然が豊かでロケーションもバッチリである。

佐藤さんが予約してくれたのは森林の区画だ。それぞれの区画が木々で仕切られているため、プライバシーをある程度確保できている。

空を見上げれば、青く澄んだ空に白い雲。そして差し込む陽が、木々の枝の隙間から零れ落ちてくる。

鳶が円を描きながら空を悠々と飛んでいる様を見ていると、時間を忘れてしまいそうだ。

思いっきり空気を吸い込みたくなるほど、澄んだ空気は美味しい。この空間にいると、心の栄養をたっぷり取った気分になる。

つかの間自然を楽しんだ私は、車のトランクを開けて器材を取り出している佐藤さんの手伝いに行く。

器材といっても今日はデイキャンプ、日帰りだ。

テントは立てず、タープと呼ばれる日よけを立てて、簡易組み立て式のテーブル、チェアを二つ。そして、ツーバーナーと呼ばれる二口コンロを設置する。あとは、途中で買い込んできた食材を入れたクーラーボックスを出した。

それにしても、アウトドア用のテーブルや椅子ってスゴイ。

テーブルは軽くて組み立てやすく、しかも車に積み込むときなどのためにスリム化しているという優(すぐ)れものだ。

椅子にはちゃんと背もたれがあるし、ひじ掛けにはドリンクホルダーもついている。フットレストまでついていて、機能面でも申し分ない。

もちろん持ち運びすることも考えて軽いし、小さな袋に収納できるという。

「ほぉー」、「へぇー」と器材を一つ出すたびに感嘆の声を漏(も)らす私を見て、佐藤さんはおかしそうに笑っている。自分の無知さに恥ずかしくなるが、感心してしまうのだから仕方がない。

「さて、全部器材は出したから。昼食の準備に取りかかるか」

「そうですね」

ていた。

今日のデイキャンプに来る前から、メッセージアプリで昼食は何にしようかと相談していた。

私はそれなりに料理ができるけれど、アウトドアだと勝手が違うだろう。

そこでメニューはアウトドアの先輩である佐藤さんに決めてもらいたいとお願いしたのだ。

すると、『じゃあ、簡単にできて、尚且つアウトドアっぽい料理にしよう』ということで、ホットサンドと、ミネストローネを作ることにした。

私と佐藤さんはクーラーボックスの蓋を開き、材料を取り出していく。

食パンにトマト、ハム、大豆の水煮にモッツァレラチーズなどなど……

それらを佐藤さんの指導のもと、調理をしていく。

「食パンに好きな具材を挟んでくれ」

「わかりました！」

言われた通りパンに具材を挟んでいると、焚き火台を用意していた彼が小さく笑う。

「どうしたんですか？　佐藤さん」

「ん？」

「なんだか楽しそうですね」

私が佐藤さんの顔を覗き込むと、彼は悪戯っ子のように笑う。

「ああ、電話の吉岡さんと、プライベートのアンタは別人かと思うほど違うよな。けど、こうやって黙々と作業をしている様子を見ていると、やっぱり真面目でしっかり者の電話の吉岡さんと同一人物なんだと思って」

「……」

「アンタには色々な顔があって面白いな」

クックッと肩を震わせて笑っている佐藤さんを見て、私はムッとしながらサンドウィッチを作っていく。

「佐藤さん、それ微妙です。褒められているんですか？　けなされているんですか？」

「どちらもだな」

そんなふうに言われた私は、ムキになって言い返す。

「言っておきますけどね、佐藤さん。貴方にだけは、ぜっ——たいに言われたくないです！」

「そうか？」

「そうですよ」

腰に手を置いて唇を尖らせたが、佐藤さんには効いていないらしい。

未だに笑い続けている彼を見て、私はさらに頬を膨らませた。

だけど、彼のその笑顔はとても楽しそうで、次第に私も楽しくなってきてしまった。

クスクスと笑いながら手を動かしていたとき、ふと彼の指が触れる。

その瞬間、カッと身体中が熱くなってしまった。

慌てて手をどけると、佐藤さんが少しだけ頬を赤く染めて「わりぃ」と謝ってくる。

その様子は、年上の男性だということを忘れてしまうほど可愛らしい。

そんな表情を向けられると、私も恥ずかしくなってしまう。

大丈夫です、という気持ちを込めて首を横に振ると、佐藤さんは一つ咳払いをしてアルミホイルを取り出した。

「サンドウィッチができたら、これに包んで」

「アルミホイルにですか？」

「そう。焚き火台の上に網を敷いて、その上にサンドウィッチを置くんだ」

「あ、それでホットサンドにするってわけですね」

火をおこした焚き火台の網の上に置けば、熱が入ってチーズもトロリと蕩けるだろう。

想像しただけで美味しそうだ。

焚き火台の準備が終わった佐藤さんは、次にミネストローネに取りかかり始めた。

慣れているのがわかるほど手際がよく、ジッと見つめてしまう。

私の視線に気がついたのか、彼がくすぐったそうに肩を竦めた。

「そんなに見つめられると、緊張するな」

「あ、えっと……スミマセン。手慣れているなぁと思って」

正直な気持ちを言うと、彼はフッと笑った。

「まぁな。一人暮らしも長いし、こうしてキャンプに来て料理もするから」

「そうなんですね」

「ああ。今日はのんびりするのが目的だし、デイキャンプだから簡単なメシにしたけど、もっと時間があれば、煮込み料理やパンとかを焼いても楽しいぞ」

「え⁉ パンもできるんですか？」

目を見開いて驚いていると、佐藤さんは一つ一つ丁寧に教えてくれる。

優しくて頼りがいのある人だとは思っていたが、面倒見もいい。

そういえば、ＡＭＢコーポレーションの皆さんと行ったデイキャンプでも、佐藤さんが後輩らしき人たちに慕われていたのを思い出す。

彼の素顔を一つずつ知っていくたびに、心がほっこりと温かくなる気がする。

一通り準備を終えると、彼は腕を上げて身体を伸ばしながら言った。

「今日はのんびり森林浴だな」

「はい！」

青い空、気持ちがいい高原の風。佐藤さんと色々なお話をして……なんて贅沢で素敵な時間の過ごし方だろう。

「うーん、気持ちがいいですね」

私は椅子に座ったまま腕を天に伸ばし、空気を胸いっぱいに吸い込む。

佐藤さんとこんなに穏やかな時間を過ごせるなんて、前回のデイキャンプのときには思ってもみなかった。

あの時点では、佐藤さんに対して悪印象を抱いていたのに、ひと月も経たないうちに二人きりでデイキャンプに来ているなんて。

そんなこと誰が想像しただろう。私は想像もしていなかったし、きっと佐藤さんだって思っていなかったに違いない。

電話の佐藤さんのイメージは、今ではプライベートの佐藤さんのイメージに塗り替えられている。

紳士的な王子様じゃなくて、ちょっとシャイで優しい、頼りがいのある騎士。そんな感じかもしれない。

プライベートの佐藤さんと会うのはこれで四回目だ。

会うたびに彼の不器用な優しさを実感していく。それが何よりも嬉しい。

ふと、焚き火台の上にあるアルミホイルに包まれたサンドウィッチを見つめる。

一体どれぐらいの時間、網の上に置いておけばいいのだろう。焦げてしまったら、せっかくのホットサンドが台無しだ。

「ねぇ、佐藤さん」

佐藤さんに聞いてみようと声をかけたが、返事がない。

不思議に思って隣に座っている佐藤さんを見る。彼は前屈みになってジッと焚き火台の火を見つめていた。

その様子がなんだか深刻そうに見えて、声をかけづらい。

もう一度声をかけることに躊躇（ちゅうちょ）していると、彼はハッと気がついたように身体を震わせ、私に笑顔を見せた。

「わりぃ、ボーッとしていたな。声かけてくれたのか？」

「あ、はい。ホットサンドですけど、どれぐらい焚き火台の上に置いておけばいいのかなぁって思って」

「そうだな……そろそろいいかもしれない。ミネストローネもできただろうし、メシにしよう」

そこにはいつも通りの佐藤さんがいた。

ホッと胸を撫で下ろしたが、先ほどの彼の横顔が脳裏（のうり）に焼き付いて離れない。

どうしたのかな、と心配にはなったが、なんとなく踏み込んではいけない気がした。

何事もなかったように振るまう佐藤さんを見て、私も気がつかないフリをする。

「ミネストローネ、すっごく美味（おい）しそうですね！　食べるのが楽しみです」

鍋を覗き込んで言うと、彼は嬉しそうに目尻に皺を寄せた。

ホットサンドとミネストローネをお皿によそって、一口食べる。

ホットサンドは挟まれていたチーズがトローリと溶けて熱々だし、ミネストローネも野菜の甘みがギュッと凝縮されていて思わず笑顔になってしまう。

「味はどうだ？」

「美味しい!!　すっごく美味しいですよ！」

大喜びで頬張る私に、佐藤さんはとても嬉しそうに目尻を下げた。

あまりの美味しさに、たくさん作ったはずの料理はあっという間に完食。

「ごちそうさまでした」と手を合わせると、佐藤さんは「ああ」とぶっきらぼうに言う。

だけど、その表情には満足げな様子が窺え、彼が喜んでいるのがわかった。

片付けを終えた私たちはお互いの得意料理の話をしたりして、ゆったりと流れる時間を楽しむ。

（ああ、帰りたくないなぁ）

そんなことを考えながら、佐藤さんが淹れてくれたコーヒーに口をつけたときだった。

頬にぽつりと冷たいものが当たる。驚いている間に、さらにポツポツと空から滴が落ちてきた。

「雨が降ってきたな……撤収するぞ」

「は、はい！」

私では取り扱えない器材は佐藤さんにお願いし、できる範囲で撤収作業を手伝う。

なんとか荷物を車に積み込み、二人が車内に飛び込んだ途端に、ザァッと雨が大降りになる。今日は雨の予報ではなかったから油断していた。山の天気は変わりやすいと聞くが、本当だ。

「ギリギリセーフ、でしたね」

「だな……大丈夫か？　濡れなかったか？　タオル持ってきているから拭いておけよ」

「大丈夫です！　そんなに濡れなかったし」

ハンカチで水滴を拭けば大丈夫という程度だ。

自分のハンカチを取り出そうとカバンに手を伸ばしたとき、佐藤さんがグッと顔を近づけてきた。

急に近づいた距離に驚いて目を丸くしてしまう。そして、私の視線の行き先は彼の唇だ。その薄くて柔らかそうな唇が動く。

「いいから、これ使え。ちゃんと洗濯してあるから安心しろ」

「そんな心配していませんし。本当、大丈夫……」

言い終わる前に佐藤さんは私の頭にフェイスタオルを被せ、ガシガシと拭き始めた。

「ちょ、ちょっと！　佐藤さん!?」

「大人しくしていろ。風邪引いたら困るだろう？」

「これぐらい大丈夫ですって！」

佐藤さんを必死に止めるのだが、彼は私の話に耳を傾けてはくれない。

「ダメだ。アンタが風邪引いたなんてなったら、俺が心配で仕方がなくなる」

「っ！」

抗議を止めた私の顔を覗き込む彼の瞳は、心配そうに揺れている。

「いいから。大人しく俺に拭かせろ」

素直に従った私に、佐藤さんは目を細めて笑う。

「いい子だ」と、耳元で彼の声が聞こえる。

その声が反則なほど色っぽくて、思わず背筋にゾワリと甘い痺れが走った。

（何よ、これ。こんな感覚になるのなんて初めて……）

戸惑う私をよそに、佐藤さんは満足げにタオルを取って笑った。

「よし、これで大丈夫だろう」

「えっと、その。あ、ありがとうございます」

どもる私を見て何故か困ったような顔をしたあと、佐藤さんは自分の頭を適当に拭きだした。

「ちゃんと拭いてください！　佐藤さんだって風邪引きますよ？」

「俺はほとんど濡れてないし。頑丈だから大丈夫だ」

「……」

全然大丈夫じゃない、と彼をジトッとした目で見つめる。

髪から滴がポタリと落ちる様を見る限り、絶対に私より雨に濡れているはずだ。

「私の心配をする前に自分の心配をしてくださいよ」

「そんなに膨れるな」

クツクツと笑う彼から視線を逸らし、ますます頬を膨らませる。

機嫌悪くそっぽを向き続ける私に、彼は笑いを抑えないまま車のエンジンをかけた。

「予定より早くなっちまったが、そろそろ帰るか」

「そうですね……」

本心ではまだ帰りたくない。もう少し自然の空気を感じていたかった。

(ううん、本当は……もっと佐藤さんとお話ししていたかった、が正しいかもしれないな)

フロントガラスに強く打ち付ける雨にため息が零れ落ちる。

こんな悪天候になってしまった以上、キャンプは諦めるしかない。

けれど、今日がダメならまた来ればいいだけだ。

「帰りましょうか！」

気分を入れ替えて明るく言うと、佐藤さんは小さく頷いてハンドルを握った。

ここから一時間ほど山道を走ると、高速のインターチェンジに辿り着くはずだ。

佐藤さんとゆったりと話しながら外を眺める。

すると、突然彼が「まずいな……」と呟いた。

「どうしたんですか？　佐藤さん」

「ちょっと車止めるぞ」

ウィンカーを左に出して、空地に車を止める。

エンジンを切ると、雨音しか聞こえなくなった。

佐藤さんは後部座席からレインコートを取り出し、それを着ながら言う。

「アンタはここにいろよ。ちょっと見てくるから」

「あ、ちょっと！　佐藤さん！」

止める間もなく彼は外へ飛び出していった。

雨脚は少し弱まってきたが、まだ雨は降り続いている。佐藤さんが濡れてしまわないか、それが心配だ。

ハラハラしながら待っていると、ほどなくして彼は車内に戻ってきた。

彼はレインコートを脱ぎながら、大きくため息をつく。

「どうやら雨で道路が冠水したみたいで、道が封鎖されていた」

「え？」

首を傾げると、佐藤さんは苦笑しつつ説明してくれる。

「この先にアップダウンの激しいところがあるんだが、そこが完全に水没していた。車での通行は無理だ。迂回路がないか調べてみるな」

彼は携帯を取り出し、道路交通状況を検索する。

だが、山奥で電波が安定しないためか、なかなかうまくいかない。

電波と格闘して一時間。やっとの思いでサイトに繋がったのだが、そちらもどうやら雲行きが怪しい。

彼は、私に携帯のディスプレイを見せて、今の状況を説明してくれる。

「このバツ印が冠水しているところ、俺たちが今いる場所だ。で、唯一の迂回路がこれなんだが、こちらも冠水のため通行止め」

「え？」

「今、通行できる道は一つもない。つまり、道路にある水が完全に引かない限り、帰ることはできない。それに、キャンプ場へ戻る道もない今、どうすることもできない」

「そ、そういうことに……なりますよね？」

彼は携帯をポケットにしまい込んで、またため息を零した。気まずい空気が車内に立ちこめる。

今日はこのまま佐藤さんと二人きりで夜を明かさなければならないということだ。

予想もしていなかったトラブルに見舞われ、頭の中が混乱してしまう。

ふと、オーディオのディスプレイに映し出された時刻を見る。ただ今、夜の七時。陽はすっかり落ちてしまった。

その上、街灯もないこの空地は真っ暗で、数メートル先を見ることも困難なほどだ。

この世界に二人きり、を地でいくようなシチュエーションに軽く目眩がする。

（どうしよう、どうしよう、どうしよう……）

狭い車内に佐藤さんと二人きりだということを今更ながらに意識してしまい、急に鼓動が速くなった。

今日は一日中二人きりだったのに、今になって緊張するのもどうかと思う。

だけど心臓の音がはっきり自分で聞き取れるほど、ドキドキしている。

（どうしよう……）

どうあがいても抜け出すことができない現状に戸惑っていると、佐藤さんが空を見上げた。

「雨、少し小降りになってきたな」

「あ、本当ですね」

ホッと胸を撫で下ろす私に、彼は深く頭を下げてくる。

「え？　佐藤さん？」

突然のことで面食らっていると、彼は申し訳なさそうな表情を浮かべていた。

「本当にすまない」

「ちょ、ちょっと！　佐藤さん？」

「せっかくアウトドアに興味を持ってくれたのに、こんなことになってしまって」

「いや、でも！　佐藤さんのせいじゃないですよね？　天候なんて佐藤さんがなんとかできることじゃないでしょう？」

「だが……」

「佐藤さんは何も悪くない！　そうでしょう？　そうですよ!!」

佐藤さんがとても責任を感じているのを察し、私は少しでも彼の気持ちを軽くしたくて必死になる。

鼻息荒く言い切った私を見て、彼は驚いたように目を白黒させていた。やがてプッと噴き出し、お腹を抱えて大爆笑する。

私は、最初こそ彼が笑う様子を見て驚いていたが、次第にジワジワと怒りが込み上げてきた。

「ちょっと、佐藤さん？　そんなに笑わなくてもいいじゃないですか！」

「わ、悪い……っふ」

「ほら、まだ笑っている！」

ふてくされる私を見て、佐藤さんはなんとか笑いを止めようと必死の様子だ。だが、肩が震えている。

（全く、もう！　笑いすぎ）

口を尖らせている私に、彼は目尻を下げて、見惚（みと）れるほどキレイな笑みを浮かべた。

「悪い。でも……ありがとうな」

「え？」

佐藤さんはこちらの方に身を乗り出し、大きな手のひらで私の頭を撫でてくる。

ドクンと胸が大きく高鳴り、私は彼を見つめた。

視線が絡まったのは一瞬だけで、彼は慌てて手を引く。

「悪い……つい」

「い、いえ！」

なんとも言えぬ空気が車内に立ちこめる。

佐藤さんは触れたことを謝ってきたが、私は頭を撫でられても嫌悪感（けんおかん）はなかった。それどころか、もう少し触れていてほしいなんて思ってしまったぐらいだ。

ドキドキしながら盗み見た彼の横顔は、なんだか切なそうな表情を浮かべている。

どうしてそんな憂（うれ）い顔をするのだろう。不思議に思って声をかけようとしたのだが、彼は私と視線を合わすことなく車外に出てしまった。

一人残された私は、あの違和感をどう処理したらいいのか戸惑ってしまう。すると、車のトランクが開く音がした。

トランクから何かを取り出した佐藤さんは、車のすぐ近くにそれを広げだす。

ポンと広げられたのは簡易式テントだった。

その中に寝袋を入れているのを見る限り、どうやら今日はあのテントで眠るようだ。

（も、も、もしかして……もしかしなくても、佐藤さんと二人であのテントに眠るの!?）

頬が火照(ほて)り、胸が大きく高鳴る。

まさか、まさかの展開に、すでに私のキャパシティはいっぱいだ。

あんなに小さなテントだ。手と手が触れ合うだろうし、もしかしたら身体と身体も触れ合うかもしれない。

めくるめく甘い世界まで想像してしまい、慌てて頭を振ってかき消した。

佐藤さんに限ってそんなことはしないはずだ。

そう言い聞かせつつも、どこかで期待している自分に恥ずかしさが込み上げてくる。

「ど、ど、どうしよう……どうしたらいいの？」

逃げ道はない。今、私たちはこの場から動くことはできないのだから。

それに、先ほどから車が一台も通っていない。つまり、この山には私と佐藤さん二人だけということなのだろう。

そう考えるとドキドキして、身体中が熱くなっていくのがわかる。

やがて、コンコンとガラスを叩く音がして顔を上げた。佐藤さんだ。

私と視線が合うと、彼は運転席側の扉を開いた。

外は小雨になり、扉を開いても雨は吹き込んでこない。そのことにホッとしていると、彼は簡易テントを指さした。

「俺はあっちで寝る。アンタは車の中で寝な」

「え？」

彼と一緒にテントで寝るものだとばかり思っていたので、その提案を聞いて拍子抜けしてしまう。

「毛布は後部座席にあるのを使ってくればいい」

そう言って佐藤さんは後部座席を指さす。そこには確かに毛布が置かれてあった。

だが、私は頷くこともできずにいる。

ポカンと口を開けたままの私に、彼は目尻を下げた。

その笑みは優しくて、目が離せない。

「車の中から鍵をかければ、外からは開けられないだろう？　ほら」

「あ……」

佐藤さんから手渡されたのは車のキーだ。これを私が持っていれば、確かに外から開けることはできない。

キーを見つめる私に、彼は「何かあったらすぐ呼んで」と一言だけ残して扉を閉めた。

そしてすぐに、鍵の部分を指さす。早く施錠(せじょう)をしろと言っているのだろう。

運転席側にある集中ドアロックボタンを押すと、ガチャッと音がして施錠(せじょう)がされた。

佐藤さんは、それを確認して小さく頷く。そして優しい目を私に見せたあと、テントの中に入っていってしまった。

シンと静まり返る車内。外はまだシトシトと雨が降っている。

普段の生活では色々な音で溢れかえっているが、ここは耳がキーンとするほど静かだ。

それから、どのくらい時間が経っただろう。

すぐ側に佐藤さんがいるのはわかっているが、少しずつ怖くなってきた。

風が吹いて木々がガサガサと揺れる音に、恐怖心が増していく。

なんとか気分を切り替えようとしたが、車内に一人きりだという状況では、なかなか吹っ切ることができない。

そのとき、突然ガラスをトントンと叩く音が聞こえた。

「っひぃ！」

そのあとは無我夢中だった。とにかく逃げなくちゃ、という一心で外へと飛び出す。

だが、すぐに誰かに腕を掴まれてしまった。

これからどうなってしまうのだろう、という恐怖心が身体中を襲う。

私は声の限り叫び声を上げて、佐藤さんに助けを求めた。

「きゃああ!!　佐藤さん、助けて!!」

「おい、俺だ。落ち着けって！」

「さ、佐藤……さん？」

「そうだ。大丈夫か？」

「大丈夫じゃないです……」

佐藤さんの顔を見て、思わずその場に座り込んでしまいそうになる。すると、すかさず彼が私を抱きかかえてくれた。

「そんなにビックリしなくてもいいだろう？」

私を支えながら、佐藤さんは困ったようにほほ笑む。

その笑顔にホッと胸を撫で下ろすが、気が緩んでつい彼を怒鳴ってしまう。

「もう！　驚かさないでくださいよ」

「ははは、そんなに驚くとは思っていなかったから。悪かったな」

ガシガシと私の頭を撫でたあと、佐藤さんは簡易テントの方を指さした。

そこにはいつの間に取り付けたのか、タープが張られている。

「今、コーヒー淹れたから。飲むか？」

「コーヒー？」

ここには自販機もない。それに先ほどキャンプ場で使ったツーバーナーと呼ばれる二口コンロは、車の中じゃなかっただろうか。どうやってお湯を沸かしたというのか。

佐藤さんに聞くと、彼は目元に皺を寄せてほほ笑んだ。

「ああ。シングルバーナーも持ってきていたから、それで湯を沸かした」

佐藤さんが指さした先には、小さなガスバーナーに折りたたみ式の五徳が取り付けてあり、その上に小さな鍋が一つ載っていた。

どうやら、それでミネラルウォーターを温めてインスタントコーヒーを淹れてくれたようだ。

「キャンプ道具って本当に色々ありますね」

「まぁな」

私が感心していると、佐藤さんは紙コップに入ったコーヒーを手渡してくれた。

梅雨時期とはいえ、夜ともなると山中は冷え込んでくる。温かいコーヒーはありがたかった。

ゆっくりとコーヒーを飲んでいる間、佐藤さんは何も話さない。

　日中、言葉は少なめだったが色々と話していたのに、どうして今は何も言わないのだろう。

　先ほど私の頭を撫でてから、なんだか彼の様子がおかしい。私の気のせいだろうか。

（とにかく何か話さなくちゃ……）

　そんなふうに困惑している私をよそに、佐藤さんは取り繕うように口を開く。

「気温が下がってきたから、車に戻った方がいいな」

「えっと……私もテントの中に入ってもいいですか？　なんだか一人だと怖くて」

「っ！」

　一瞬息を呑んだ彼を不思議に思ったが、私は一人で車に戻りたくなくて必死になる。

　それに、彼ともう少し一緒にいたいという思いもあった。

　祈るような気持ちで佐藤さんを見つめていると、彼は大きくため息をつく。

「とにかく外にいたままだと風邪引くから……来いよ」

「はい！」

　テントの中に入ると、外から見た以上に広く感じた。

　正座をして座っても、頭を下げなくていい。

　グルリと室内を見回していると、佐藤さんは色々と気遣ってくれた。

「腹は減っていないか？」

「はい、キャンプ場でたくさん食べたので。大丈夫です」

そう言ってニッコリと笑ったのだが、彼は申し訳なさそうな表情を浮かべている。

「本当、悪かったな。こんなことになっちまって」

「ですから！　それは佐藤さんのせいじゃないですからね！」

どんなに気にしないでくださいと言っても、彼の顔から心配の色が消えない。

「こんな山の中で眠るなんて、今までしたことがないだろう？　怖くないか？」

「……」

ここで正直に「怖いです」と言ったら、佐藤さんは余計に気を使ってしまうし、罪悪感を抱いてしまうだろう。

山中で夜を明かすことに、彼はとにかく責任を感じている。

「大丈夫ですから！」となんでもない素振り（そぶり）をして、彼を安心させたかった。

しかし、先ほどの恐怖心を思い出すと、これ以上車の中で一人でいるなんて無理だ。

私は恐る恐る視線を佐藤さんに向ける。

責任を感じさせてしまうことへの申し訳なさと、だけど一人で車中泊することへの恐れで、思わず涙目になってしまった。

「あの……一緒に寝てくれませんか!?」

「は……」

「やっぱり怖くて……」

縋る思いで見つめ続けていると、彼は少しだけ困ったように、だけど神妙な顔つきで頷いた。

「わかった。ここにいろよ」

佐藤さんは車がきちんと施錠されているか再度確認をしたあと、簡易テントの中に戻ってきた。

私はといえば、先ほどまでテント内でくつろいでいたのが信じられないほど、緊張してしまっている。

こんなに緊張するぐらいなら車中泊にすればよかったかも、と少しだけ後悔に苛まれた。だが、やはり人が、それも佐藤さんが近くにいてくれるのは心強い。

ドキドキしながら手持ち無沙汰にしている私を見て、彼は目尻を下げて苦笑した。

「俺と一緒に寝たいって言ったこと、後悔してるか？」

「そ、そんなこと！」

「アンタから言ってきたんだからな。でもまぁ……さすがにこんな山中で一人で寝るのは怖いよな。悪かった」

静かに謝る佐藤さんに、私は首を横に振って否定する。

「何度も言っていますけど、佐藤さんは何も悪くないです。それに、私、今日とっても楽しかったですよ。自然を満喫できました！」

クセになりそうです、とニコニコ笑いながら言うと、彼は嬉しそうに目を細めた。

その表情がとてもステキで、胸が躍る。

「また……連れて来てくれますか？」

一瞬、目を見開いた佐藤さんだったが、フッと力を抜いて優しげにほほ笑む。

「今回で懲りたかと思ったけど……またキャンプしたいのか？」

「はい！　是非お願いします！」

風に吹かれ木々がカサカサと揺れる音、マイナスイオンたっぷりの空気、ゆったり流れる時間。

喧噪から離れて自然と戯れる、そんな贅沢な時間をまた満喫したい。

もちろん、佐藤さんと一緒だったから楽しかったのかもしれないけど。

次も連れて来てほしいという一心で彼を見続けていると、急に外が凪いだ。

風の音が止んだことにビックリして、身体が反応してしまう。

ここは山中、夜も更けてきた。そのことに改めて気づいた私は、再び恐怖心が込み上げてくる。

どうしよう、と不安に思ったそのとき。

「……え？」

「こうしていれば怖くないだろう？　俺がいるから大丈夫だ」

「さ、佐藤……さん？」

グッと肩を引き寄せられ、そのまま一緒にゴロンと寝転がっていた。

佐藤さんに抱き締められ、ダイレクトに彼の熱を感じる。

「こうされるのは……イヤか？」

切なそうな佐藤さんの声を聞いて、胸をギュッと掴まれたみたいに苦しくなった。

私は慌てて首を横に振る。すると、彼は安堵したように小さく笑う。

（ドキドキしすぎて苦しい……）

心臓があまりに激しく鼓動していているから、こんなに近づいていると佐藤さんに気づかれてしまうかもしれない。

でも、なんとか落ち着かせなくちゃと思えば思うほど、ドキドキが止まらなくなってしまう。

カーッと身体中が熱くなっていくのがわかった。体温が一度以上、上がったに違いない。

（どうしよう、どうしよう！　ドキドキしすぎて眠れないかも）

だけど、時間とともに鼓動は落ち着きを取り戻し、包み込まれるような彼のぬくもりが気持ちよくなってくる。

今日一日外にいたし、何より佐藤さんと二人きりという状況に緊張しっぱなしだった。とても楽しかったけど、疲れもピークに達していたのかもしれない。

（また連れて来てくれるかな。そういえば、佐藤さんからの返事、まだ聞いてないや……）

ふと先ほどのやりとりが引っかかったものの、私は彼の腕に頬ずりして、そのまま意識が遠くなっていく。

「人の気も知らないで、気持ちよさそうに寝やがって。アンタは俺のこと、どう思っているんだろうな……」

そんなふうに佐藤さんが苦笑しながら呟いていたなんて……夢の中で美味しいホットサンドを頬張っていた私の耳に届くことはなかった。

辺りが明るくなってきた頃、私はゆっくりと目を覚ました。

だけど、何故か身動きが取れない。

あり得ない状況に、私は一気にパニックに陥る。

（さて、問題です。私は何故、佐藤さんに腕枕をしてもらっているのでしょう？）

現実逃避をしつつ、この現状に胸の鼓動が一気に高まってしまう。

しかも、よく見れば腕枕だけじゃない。佐藤さんに抱かれながら大きな胸に寄り添って眠っていたのだ。

言葉にならない叫びを発しそうになるのをグッと堪え、すぐ目の前にある彼の顔を見つめる。

無防備な寝顔だと思った。

起きているときは無骨な雰囲気の佐藤さんだけど、こうして眠っているときは少しだけ幼く見える。

スッと通った鼻梁、薄い唇、日に焼けて健康的な肌。

バランスが取れた身体は、大人の男性の色気を感じた。

（もっと見ていたい。ずっと見つめていたい）

そんな願望を抱きつつ眺めていると、佐藤さんの目が微かに動いた。残念、目覚めてしまったようだ。

寝ぼけ眼の彼が、私を見てフッと笑う。その笑みは優しげで、でもやっぱり無防備で、私の胸はトクンと幸せな音を立てた。

「おはよう、眠れたか？」

彼の声は少し掠れていて、とてもセクシーだ。心なしか視線が熱い気がして、ゾクリと下腹部が反応してしまう。

わかっている。これは完全に私のうぬぼれなんだって。わかっているけど、この胸のときめきを抑えることはできない。

(何か話さなくちゃ……)

話す内容が思いつかなくて戸惑っていると、佐藤さんが携帯で何かを調べ始めた。

「通行止めが解除されたらしいから、起きよう」

「は、はい!」

慌てて起き上がり、身支度を済ませる。

すぐに車を出発させ、通行止めのところまで行くと、水たまりは多少あるが道は通れるようになっていた。そのことに、ホッと胸を撫で下ろす。

だが、せっかくなので私たちは帰る前に近くの日帰り湯に立ち寄ることとした。

昨夜はお風呂に入れなかったので、正直嬉しい。

「じゃあ、一時間後にこのロビーで」

「了解です!」

佐藤さんとは一旦別れて、私は女湯に入る。

日帰り湯には開店と同時に入ったので、まだ人っ子一人いない。

身体と髪をざっと洗い、すぐに湯舟に浸かる。

疲れが抜けていくような気持ちよさに息を吐くと、ふと今朝の出来事を思い出してしまった。

（今朝の佐藤さん。アレは反則よぉぉぉ！）

湯舟で一人、声にならない叫び声を上げる。

佐藤さんの掠れてセクシーな声、腕のぬくもり、無防備な表情で私にほほ笑みかけてきた顔。

思い出すだけで、甘い痺れが蘇ってしまう。

この火照りは、温泉で身体が温まったからだけじゃない。わかっているからこそ、挙動不審になってしまうのだ。

こんなに動揺したままでは、彼と顔を合わせられない。

煩悩に似た感情を払おうと、私は施設内のお風呂に片っ端から入っていった。

気持ちが落ち着いた頃、お風呂から上がってロビーに向かうと、そこには湯上がり姿の佐藤さんがいた。

まだ、少しだけ髪が濡れている。そんなところもセクシーでフェロモンダダ漏れだ。

ああ、もう。やっと冷静になれたというのに、ぶり返してしまうじゃないか。

佐藤さんの色気にやられて視線を逸らすと、頬を染めて彼を見つめている女性たちがいた。

きっと彼女たちも、佐藤さんのフェロモンに当てられたのだろう。

気持ちはわかる。こんな色気たっぷりのイケメンがいたら、思わず見入ってしまってもおかしくない。実際、私も彼に見入ってしまった一人だ。

(でも、面白くない。誰も佐藤さんのことを見つめないで!)

ついそう考えてしまった自分に呆れた。

だって、私は佐藤さんの彼女でもなんでもない。

かといってただの取引先の人と言うには距離が近すぎる気がする。友達と言うのもしっくりこなくて、なんと呼べばいいのか自分でもわからない間柄だ。

何故か胸の中がモヤモヤして、小さく息を吐き出したそのとき。

「きゃっ! 冷たい!」

頬に何か冷たい物が当たって、思わず飛び上がってしまった。

「ハハッ。湯あたりしてないか? 大丈夫か?」

「さ、佐藤さん! ビックリさせないでくださいよ」

むくれて抗議する私を、彼は楽しげに笑って見つめている。

「これ、飲んでおけよ」

「え?」

「湯上がりには水分補給が肝心(かんじん)だ」

冷たいスポーツドリンクのペットボトルを手渡され、私は驚きながらお礼を言う。

口調はぶっきらぼうなのに、行動には優しさを感じる。

そのたびに胸がキュンと鳴いてしまうことに、前から気がついていた。

あの大きな身体に抱きつきたい。そんな感情が溢れ出てきてしまい、自分でもどうしていいのかわからなくなる。

「ほら、飲めよ」

戸惑ったまま立ち尽くす私に、佐藤さんは促してくる。

私は恥ずかしさを紛らわせるようにコクコクと頷いたあと、ペットボトルの蓋を開けた。

ふと、佐藤さんを見ると、彼はどこか悲しそうな眼差しで窓の向こうの山を見つめている。

（佐藤さん……？）

なんとなく胸さわぎを覚えたが、私は彼の横顔を見つめるしかできなかった。

第四章

昨夜の雨が嘘のように、空は澄み渡っている。清々しい天気だが、すでに夏の空気を纏って(まと)おり、蒸し暑くも感じる。

日帰り湯から出て今度こそ帰路(きろ)についた車は、私が住むマンションの前で止まった。

「じゃあ、また」

「はい。……また」

助手席の扉を開けて車から降りる。私が佐藤さんに手を振ると、彼も軽く手を上げた。

ゆっくりと走り出した車を視線で追うと、彼はバックミラー越しに笑ってくれている。

私はもう一度手を振ったが、すぐに車は左に曲がったため、彼の姿は見えなくなってしまった。

名残惜しく思いながらマンションの中に入り、私は小さく息を吐き出す。

(佐藤さん……なんか、様子がおかしくなかった?)

今回のデイキャンプはハプニングこそあれど、色々な話をしたり自然を満喫(まんきつ)したりと、楽しかったのは確かだ。

少しずつ佐藤さんとの仲が深まり、心の距離が近づいてきている。そんなふうに感じてとても嬉しくて、幸せだった。

彼も楽しそうにしていたけど、時折何かに耐えるような、辛そうな表情を浮かべていたように思う。

帰りの車内はそんな表情が増え、ついには会話もなくなってしまった。

どうしたんですか、と何度も聞こうとしたけれど、結局言い出せずに終わってしまった。

こうやって二人で会うのはもう止めようと言われるんじゃないかと思って、怖かったからだ。

別れ間際は、私も佐藤さんもなんだかギクシャクしてしまって、後味が悪くなっていた。

（でも、「じゃあ、また」って佐藤さんは言っていたから大丈夫。また、連絡があるはず）

そんなふうに自分に言い聞かせていると、携帯がブルブルと震える。メッセージが届いたようだ。

（もしかして、佐藤さんから⁉）

慌ててカバンから携帯を取り出してメッセージをチェックすると、お姉ちゃんからだった。考えてみれば、佐藤さんはまだ運転中だろう。少し落胆（らくたん）してしまう。

メッセージは『奈緒子〜、来週お土産（みやげ）取りにおいでよ』という、陽気なお姉ちゃんらしい内容で苦笑する。

先日ハネムーンから帰ってきた姉夫婦だが、色々と忙しかったようで、会いに行くのを控えていた。

このメッセージを見た感じだと、どうやらやっと落ち着いたみたいだ。

『わかったよ！』とメッセージを送ると、カバンに携帯をしまう。

このときの私は、姉夫婦の新居で起こる出来事など、何も予想していなかった。

ただ、佐藤さんの憂い顔を思い出し、再び息を吐き出したのだった。

＊　＊　＊

翌週土曜日の夜、手土産のケーキを買い、姉夫婦の新居にお邪魔した。

促されるまま部屋の中に入ると、二人の男性の姿が目に入り、思わず硬直してしまう。

そのうちの一人が佐藤さんだったからだ。

(なんで佐藤さんがいるの!?)

彼も私が来るとは聞かされていなかったようで、驚いた顔をしている。

「えっと……」

答えを求めてお姉ちゃんを見ると、彼女はニッと口角を上げていた。

「友達にもお土産を配っているんだけどさ、なかなかスケジュールが合わなくてね。彼らも今日ならって言うから来てもらったんだ」

「そ、そうなんだ」

納得して頷いたが、残念ながら動揺はおさまらないままだ。

私がテンパっていることに気がついているはずなのに、お姉ちゃんは気にせず佐藤さんに声をかけた。

「ごめんなさいね、佐藤さんには妹が来るって言っていなかったわよね？」

よかったかしら、と尋ねるお姉ちゃんに、佐藤さんは軽く頷く。

「ああ、俺も急に都合がついて寄ったくちだから。こちらこそ、急に悪かった」

「いいのよ～。今日は材料たっぷり買ってきたから、ご飯も食べていって。奈緒子も食べていくわよね？」

「あ、うん」

「いつまでも立ってないで、そこに座りなさいよ」

驚いて立ち尽くしていた私を、お姉ちゃんが笑いながら促してきた。

佐藤さんがすぐ目の前にいる。そう思うだけでドキドキしてしまって、視線が泳いでしまう。

そんな挙動不審な私に、佐藤さんの隣に座っている男性が声をかけてきた。

「久しぶりだね、妹ちゃん。えっと……俺は七原って言うんだけど、名前を聞いてもいい？」

そう言って愛想よく笑う男性には、見覚えがある。

結婚式のときに「二次会に行こうよ」と私を誘ってきた人だった。

「こんばんは。妹の奈緒子です」

「奈緒子ちゃんか。よろしく」

「えっと、よろしくお願いします」

屈託(くったく)なく笑う七原さんに、私も笑いかける。

ふと視線を感じて横を見ると、お姉ちゃんがニマニマと意味ありげに笑っている。

その態度を怪訝(けげん)に思っていると、七原さんは口を尖らせた。

「奈緒子ちゃん、もしかして亮哉と知り合いなの？　結婚式のとき、何か話していたよね？」

「あ、はい。実は仕事でお世話になっていまして」

ね？　と佐藤さんに同意を求めようとしたのだが、七原さんの声に遮(さえぎ)られてしまった。

「あのとき二次会に行こうって誘いたかったのにさ。亮哉のヤツが奈緒子ちゃんをどこかに連れて行っちゃったから、ゆっくり話もできなかった」

不服そうに佐藤さんを睨(にら)む七原さんだが、彼は素知らぬ顔をしてコーヒーを飲んでいる。

七原さんはその様子を見てため息をついたあと、私の方に身を乗り出してきた。

「奈緒子ちゃん」

「は、はい」

急に近づかれて目を丸くしていると、七原さんは至極真面目な顔をして言った。

「俺と付き合ってくれないかな」

「は……え？　ええ!?」

突然のことに、思わず大声を上げてしまう。

視線の先で佐藤さんの動きが止まったのを確認したが、今はそれどころではない。

七原さんはこんなに真摯な態度で言っているのだから、冗談とか、「ちょっとそこのスーパーに付き合って」とか、そんな類いのものではないだろう。

彼は依然として真剣な面持ちで私を見つめている。

「結婚式で見たときから君のことが忘れられなくて……奈緒子ちゃんのこと、もっと知りたいと思っている」

「え？　え？」

「実は吉岡ちゃん……奈緒子ちゃんのお姉さんにお願いしておいたんだ。奈緒子ちゃんと会う機会を作ってくれって」

「お姉ちゃん!?」

（そんなこと一言も聞いていないんだけど！）

視線をお姉ちゃんに向けると、ニンマリと笑っている。

私が今まで男性と付き合ったことがないのを、彼女は知っているはずだ。

だからこそ、私に興味を持った男性が現れたことを喜んで、今日こうしてセッティングしたのだろう。お姉ちゃんの楽しげな表情を見れば、何も聞かなくてもわかってしまう。

しかし、困った。

佐藤さんに視線を向けたいが、どんな反応をしているのか怖くて見ることができない。私が他の男性に告白されているところを見て、彼が祝福していたら……悲しくて泣いてしまうかもしれないからだ。

今、私が気になっている男性は、目の前にいる佐藤さんだ。七原さんじゃない。なのに、佐藤さんの目の前でこんな事態に陥(おちい)るとは……

(お姉ちゃん、恨むわよ)

困り果てて視線を泳がしていたが、まずはしっかりとお断りすべきだと思い至る。そう決意をし、七原さんに声をかけようとしたときだった。

突然腕を掴まれて、グイッと強い力で立たされる。

「え……?」

目を丸くしたのは、私だけではない。姉夫婦に、七原さん。誰もがこの状況を把握できずにいた。

たぶん、この場で把握できているのは佐藤さん、ただ一人だ。

「さ、佐藤さん？」

やっと我に返って佐藤さんを見上げたが、彼の視線は七原さんに注がれている。

「わりぃ、七原。今は俺が奈緒子を口説いている最中だから、遠慮して」

「え⁉」

「は⁉」

私と七原さんの声が重なる。七原さんは口をパクパクと動かして何かを言おうとしているが、言葉が出ないほど驚いている様子だ。

もちろん私も驚きすぎて、何がなんだかわからない。

呆然としている私の手をギュッと握り締めたあと、佐藤さんは部屋にいる皆に声をかける。

「ごめん、ちょっと奈緒子を連れて行くから」

誰からの承諾も得ないまま、佐藤さんは私の腕を引いて玄関へ向かう。

背後で「嘘だろぉぉぉ！　亮哉のヤツ‼」という七原さんの悲痛な声が響いた。

まだ返事をしていなかったことを思い出して振り返ろうとする私に、彼は首を横に振った。

「大丈夫。あとで俺が言っておく」

「で、でも……」

玄関先で躊躇していると、佐藤さんは掴んでいた私の腕を放した。そしてふいにその場にしゃがみ込み、私の足首を掴む。

「ちょ、ちょっと！　佐藤さん!?」

慌てたなんてものじゃない。だって、佐藤さんは私の足にパンプスを履かせようとしているのだから。

リビングからは、姉夫婦が七原さんを慰める声が聞こえてきた。だが、今の私には目の前の佐藤さんしか目に入らない。

彼は私にパンプスを履かせ終えると、しゃがんだままこちらを見上げてくる。

「戻るな」

「佐藤……さん？」

そのまま彼は立ち上がり、戸惑い続けている私の腕を再び掴んだ。

「行くぞ」

「え？」

手を引かれたまま駐車場まで下りていき、彼の車の前で止まる。

「とにかく乗ってくれるか？」

「は、はい！」

コクコクと何度も頷き、中に乗り込んだ。

そんな私を見て、佐藤さんは少しだけ困ったように、だけど目尻を下げて笑った。

その笑みは陰りがありつつ色気も含んでいて、キュンと下腹部が甘く痺れる。

テントで一夜を明かしたときに感じた、あの感覚と同じだ。

ドキドキして胸が切なく鳴き、甘酸っぱい何かに包まれる感覚。それを再び体感して、私の胸はどんどん高鳴っていく。

（それに……佐藤さん、私の名前を初めて呼んでくれた）

そのことを思い出して、顔がジワジワと熱くなっていく。

奈緒子、と確かに佐藤さんは呼んでくれた。そのことが嬉しくて心が浮き立つ。

胸がキュンとしたり、恥ずかしくて顔が火照ったり。そうかと思えば、嬉しくてスキップをしたくなる。

もうずっと前から、佐藤さんの何気ない言葉や行動に、私の心は一喜一憂していた。

（私、佐藤さんが好き……）

その想いを素直に受け止めると、好きという気持ちが一気に大きく膨らんでいく。

初めは電話の声に憧れていた。耳に残る低くて大人っぽい声に、どれだけ胸をときめかせただろう。

そして佐藤さんとデイキャンプで対面したときに、運命は回り出す。

最初こそ「想像していた佐藤さんとは別人！」と憤慨していた。

でも、プライベートの佐藤さんは無骨だけど優しくて、男っぽいのに可愛らしい一面があることにも気がついた。

色々な佐藤さんの顔を見つけるたびに、彼のことが気になって仕方がなかったのだ。

（やっぱり、好き。佐藤さんが……好き）

改めて実感している私に、彼がいきなり覆い被さってきた。

「っ！」

「シートベルト、しっかりしろよ」

「は、はいぃぃ！」

カチンと身体を硬直させる私をよそに、彼はシートベルトを付けてくれた。

佐藤さんの香りがふんわりと鼻腔をくすぐる。

テントで抱き締められていたときにもかいだ香り。またあの夜を思い出してしまい、身体が火照っていく。

そわそわしながらシートに座っていたが、車がなかなか動かない。

どうしたのか、と運転席に座る佐藤さんに視線を向けると、彼はジッと私の顔を見つめていた。

佐藤さんの視線は真剣で、だけどどこか甘さと熱っぽさを感じる。

ドクン、と再び私の胸は大きく高鳴った。
沈黙が苦しい。ドキドキしすぎて倒れてしまいそうだ。
なんとかこの空気を通常のものにしたくて、あたふたと口を開いた、そのときだった。
佐藤さんは小さく、だけどはっきりと呟いた。
「好きだ」
「っ！」
驚いて目を丸くしてしまう。
佐藤さんの眼差しには、先ほどよりもっと熱が籠もっているみたいに感じる。
真摯な瞳は、私の何もかもを見透かしているようだ。
(今、佐藤さんはなんと言ったの？)
そう自分に問いかけるほど、気が動転してしまっている。
ただ目を見開いて、彼を見つめるばかり。
震える唇からは、声にならない想いが溢れ出てしまいそうだ。
それに顔が熱くて、今までにないほど胸が高鳴っている。
もしかしたら、近くにいる佐藤さんには私の鼓動が聞こえているかもしれない。
そんな心配が頭を過ったとき、彼は掠れた声で言った。
「やっぱり、お前が好きだ」

「佐藤さ――」

「奈緒子が好きだ……お前が他の男に抱かれるのを想像しただけで、怒りが込み上げてくる」

思わず息を呑んだ。湯気が出てしまいそうなほど、顔が熱い。いや、身体中が熱い。

私も気持ちを伝えたいのに、佐藤さんは何も言わせてくれない。

もしかして彼は、この結末がどうなるのか、恐れているのだろうか。

彼はフイッと私から視線を逸らした。

そのときの横顔が苦渋に歪んでいて、不安が押し寄せてくる。

イヤな予感がして、胸がバクバクと音を立てた。

嬉しすぎる告白なのに、どうしてこんなに不安になってしまうのだろう。

視線を逸らしていた彼が、グッと唇を横に引いて再び私の顔を見つめてくる。

そして、その薄くて柔らかそうな唇が……残酷な事実を告げた。

「俺……あと少しで名古屋に転勤なんだ」

「え……」

世界から音が消えたかのように、車内が無音になった気がした。

先ほどまで聞こえていた高鳴る胸の鼓動も聞こえない。

嘘でしょ、という思いで彼を見ても、その男らしい顔には冗談めいたものは一切なかった。

これが現実だ、と突きつけられた気がして、私は膝に置いていた自分の手に視線を落とす。

俯く私に、彼は苦しそうに続ける。

「奈緒子のことが好きだって、前から自覚はあった」

「え？」

思わず顔を上げた私を見て、佐藤さんは頬を赤く染めて視線を泳がせた。

「だけど、好きだっていう気持ちを言うことはできないと思っていた」

「どうしてですか？」

小さく尋ねると、佐藤さんは少しだけ困ったように肩を竦める。

「付き合ってすぐに遠距離恋愛なんて絶対に無理だと思って、奈緒子に気持ちを伝えるのを躊躇していた」

「佐藤さん……」

デイキャンプのときに、彼の様子がおかしかったのは、このことだったのだろう。

あのときの憂い顔の意味も腑に落ちる。

佐藤さんを見つめ返すと、彼は真剣な面持ちで力強く言った。

「けど、目の前で別の男に奈緒子が口説かれているのに、大人しくなんてしていられない。さっき、痛いほどわかった」

先ほどまでは苦渋の表情を浮かべていた佐藤さんだったが、今の彼はどこか決意に満ちた表情をしている。

まっすぐ私を見つめる目は、ドキドキしてしまうほど情熱的で、何より野性味に溢れていた。

捕らわれる、そんな気持ちにさせられるほどの強い眼差しだ。

「奈緒子を誰にも渡したくない」

言葉を絞り出した佐藤さんに悲愴感は漂っていない。

だけど、私はまだ気持ちの整理がついていなかった。

彼に好きだと言われて嬉しいのに……どうしてこんなふうになってしまうのだろう。

「奈緒子にそんな顔させたくなかったから、ずっと言えなかった」

どうして佐藤さんは、戸惑ったように私を見つめているのだろう。

首を傾げた瞬間、膝の上でギュッと握っていた手の甲にポタリと何かが落ちた。

涙だ。気がついたらポタポタと止めどなく涙が落ちていく。

頬を伝う滴を、彼の男らしい指が拭ってくれた。

その様は、相変わらず無骨なのに、優しい。

堪らない気持ちになって、ギュッと目を瞑る。すると、ますます涙が零れ落ちていく。

ゆっくりと目を開けると、そこには困り果てた様子の佐藤さんが見えた。

だけど、すぐに涙で視界がぼやけてしまう。

（あと少しで離れ離れになっちゃうんだから、佐藤さんをしっかりと見ていたいのに）

そう思うのに切なくて寂しくて悲しくて……嗚咽を漏らしながら彼に訴えていた。

「私だって好きですっ……ひっく……佐藤さんのことが好きなんです……！」

「っ！」

「やだぁ……っ、私……私、佐藤さんと会えなくなるの、イヤです」

次から次に落ちていく涙を手でゴシゴシと拭いていると、急に視界が暗くなる。

驚いて目を見開くと、私は佐藤さんの腕の中にいた。ギュッと抱き締められ、彼の体温が伝わってくる。

もっと佐藤さんの熱を感じたくて、私は恐る恐る彼の背中に手を回し、きつく抱き締め返した。

せっかく両思いになったのに、こうして会うことができるのはあと少しだけなんて。

傍にいて欲しいときに恋人がいない。それがどれほど辛くて酷なことか……

現実はあまりにシビアで無慈悲だ。

もちろん、遠距離恋愛でも愛を育んで幸せになっている人だって、たくさんいるに違いない。

だけど……私にできるだろうか。

男性と付き合ったことのない私が、いきなり遠距離恋愛なんてハードルが高すぎる。

でも、私は佐藤さんのことを知りたい。近づきたい、抱き締めたい……離れたくなんてない。

辛い恋になろうとも、佐藤さんが好き。その気持ちだけは確かだった。

「奈緒子が、好きだ」

私の耳元で、低くて少し掠れた彼の声が聞こえた。

それだけで身体中が熱に侵されてしまったように動けなくなる。

私を抱く腕を緩めた彼は、顔を近づけキスをしてきた。

最初こそ、柔らかい唇の感触とお互いの気持ちを確かめるように、ゆっくりと味わうキス。

しかし、段々と深いキスへと変わっていく。

何度も角度を変え、佐藤さんの唇が私の唇を食む。そのたびに淫らな刺激が背を走り、私は思わず声を上げそうになる。

激しいキスをされると、彼が私を欲しているのだと思えて、ただただ嬉しい。

だけど、初めてでこれでは身が持たない。何より、羞恥心で身悶えてしまいそうだ。

呼吸を荒くした私が少しだけ唇を開けると、彼の舌が口内へと入り込んできた。

ビックリして目を見開くと、薄目を開けていた彼と視線が絡み合う。

彼の目がフッと笑った。嬉しいと物語っているように感じて、身体が一気に熱くなる。

それと同時に、佐藤さんの舌は私の口内を余すところなく触れていく。

歯列を辿り、私の舌を見つけると絡め取ってきた。

お互いの唾液の音がクチュクチュと卑猥な音を立てるせいで、どうしても恥ずかしさが込み上げる。

淫らで甘いこの時間に翻弄され、佐藤さんにされるがままになってしまう。

ギュッと彼のポロシャツを握り締め、必死にキスを続ける。

チュッと舌を吸われた瞬間、ジュクンと下腹部が潤んだ気がした。

「ふっ……ぁ」

思わず声が出てしまい、恥ずかしさが増す。

この駐車場は道に面しておらず、街灯も少ない。木々が生い茂っているため、車に近づかなければ、私たちを見ることはできないはずだ。

（だけど、駐車場に来た人に見られてしまったら……？）

途端に意識が現実に戻され、慌ててしまう。

「さ、さ、佐藤さん……ここだと……」

誰かに見られてしまったら恥ずかしい。そう思って止めると、彼は渋々私から離れて、車のエンジンをかけた。

「なぁ」

「は、はい！」

「これから、俺の家に来いよ」

「え……？」

今、佐藤さんはとんでもないことを言わなかっただろうか。

想いが通じ合い、私たちは恋人という関係になったはずだ。

その状態で彼の家に行くということは……キス以上のこともするということ。

想像しただけでぶっ倒れてしまいそうだ。

「私、超初心者なんですが……」

そう弱々しく言うと、佐藤さんは表情を緩めてフッと笑う。

「いいな、超初心者か」

「よ、よ、よくないです！　あの、その……今まで男の人と付き合ったことないんですよ！」

ムキになって叫ぶ私に、彼はからかうような表情を見せる。

「それもいいな。じゃあ、キスも初めてってことか？」

「そうですよ！　それなのに、あ、あ、あんな……！」

座っていてよかった、と胸を撫で下ろすほど淫らなキスだった。

もし、立ったままでされていたら、膝がガクガクしてしまって確実に立っていられなかっただろう。

「あんな高度なキス、超初心者にするべきじゃないですよ、佐藤さん！」

そう訴えると、彼は小さく笑ったあと私に近づいてきて耳元で囁いた。

「もっと俺のことを教えてやる」

「佐藤……さん？」

「お前は俺のこと、知りたくないか？」

「そ、それは……」

（知りたい。知りたいに決まっている）

唇を横に引いて大きく頷くと、彼も私と同じように真剣な面持ちで口を開く。

「俺も知りたい。奈緒子のこと……もっと知りたいんだ」

「っ！」

私は、コクンと首を縦に振る。

すると佐藤さんは、私の頬を大きな手でゆっくりと撫でながら問うてきた。

「それは……俺の部屋に来るということか？」

佐藤さんの目の奥が揺らめいている。

彼も緊張しているのだろうと思った途端、素直に頷いていた。

「はい……」

蚊が鳴くようなか細い声で呟くと、彼は私の頬をひと撫でしてから、ハンドルを握った。


佐藤さんが住むマンションのエレベーターに乗り込み、扉が閉まるとすぐさま抱き締められた。

「悪い、待てない。奈緒子が欲しい……」

「ちょ、ちょっと！　佐藤さん？」

こんなふうに抱き締められたら、心臓がいくつあっても足りない。

そうでなくても姉夫婦のマンションからずっと心臓がバクバクいっているのに、これ以上高鳴ってしまうなんて。

私はなんとか佐藤さんの衝動を抑えようと必死になる。

「ここ、部屋じゃないですよ？」

「そんなことわかっている。だけど、止められない」

「止めましょうよ！」

顔を真っ赤にして抗議する私の耳元で、彼が切羽詰まったような声で囁いた。

「奈緒子が悪い」

「え……私⁉」

何かしただろうか、と考えを巡らせるが、思い当たる節はない。

「七原からの告白をすぐに断らなかっただろう？　受け入れたらどうしようかと、気が気じゃなかった」

「だ、だって！　私、人生で初めて告白されたんですよ？　どう反応すればいいのかわからなくて……」

男性に、それも面と向かって「付き合ってほしい」なんて言われたのは、初めての経験だった。

戸惑ってしまっても仕方がないだろう。

だが、どうやら私は回答の仕方を間違えたようで、佐藤さんの嫉妬の火に油を注いでしまった。

「お前のハジメテは、すべて俺がもらいたかった」

「え？」

驚いて佐藤さんの顔を見つめていると、彼の顔が赤くなっていく。

（ああ、もう。可愛い‼）

目の前の可愛い大人の男性を見て、胸がキュンと鳴った。

日頃の口調は荒っぽくて男らしいのに、ふと見せる可愛らしさが堪らない。

そうこうしているうちにエレベーターが指定階に着き、扉が開く。

佐藤さんは私の背中に手を添え、そのまま足早に彼の部屋の前までやってきた。

彼はジーンズのポケットに手を突っ込んで、鍵を取り出す。ガチャガチャと音を立てて鍵を開ける様は、かなり余裕がないように見える。

扉を開き、私は部屋の中へと連れ込まれた。

「ふっ……！　うんんん!!」

玄関の扉が閉まる前に、私は壁に押しつけられ、佐藤さんからのキスに甘い吐息を漏らす。

それは先ほどのキスよりももっと激しいもので、膝がガクガクしてくる。

床に腰を下ろしてしまうのも時間の問題かもしれない。

キスの合間に、慌てて佐藤さんに訴える。

「ここ……玄関、ですよ……っ！」

「知っている」

「それなら！」

「でも、もう無理だ。我慢できない」

話の途中だというのに、彼は止めるつもりはないようだ。

車の中でのキスなんて目じゃない。

あれはまだ手加減してくれていたんだ、と思えるほどだ。

舌と舌を絡ませたり、唇を食(は)んだりして、キスをより濃厚(のうこう)で甘ったるいものにしていく。

お互いの唾液がクチュクチュと音を立てていて、それがなんとも扇情的(せんじょうてき)だ。

あまりの激しさに頭がクラクラし始めた頃、やっと唇が離れる。

ようやく解放されたことにホッとするはずなのに、私の視線は佐藤さんの唇にばかり向いてしまう。

もっとキスがしたい。そう訴えているのと同じだ。

乱れた呼吸を整えていると、彼は嫉妬(しっと)の色を浮かべて、私の顔を見つめてきた。

「奈緒子の戸惑った顔、めちゃくちゃ可愛かった。それを七原に……俺以外の男に見せたのが気に食わない」

「な……！」

まさか佐藤さんがそんなことを言うなんて思わなかった。

口をあんぐりとさせていると、今度は私の頬に、耳に、そして首筋に唇を落とす。

「うふあ……ん」

今いる場所は玄関で、扉を一つ隔てた先はすぐ通路だ。

マンションの住人がいつ通るかわからないため、声を出すわけにはいかない。

素早く口を押さえたが、どうしても甘い吐息が零れ落ちてしまう。

必死に耐える私を尻目に、佐藤さんの唇は私の肌をなぞるように触れていく。

膝に力が入らなくて、立っているのも困難だ。慌てて佐藤さんに縋りつくと、彼は私の耳元でクスリと笑った。

「悪い、無理させすぎたか？」

「もう……超初心者って言いましたよね？　聞いていました？」

ツンと澄まして抗議をしたいのだが、今の私は彼の唇と色気に当てられていて迫力など皆無だろう。

力が入らなくてその場にしゃがみ込もうとする私を、佐藤さんは肩に担ぎ上げた。その拍子に履いていたパンプスが脱げてしまう。

「ちょ、ちょっと！　佐藤さん？」

「本当は横抱きにしてやりたいけど、うちのマンション廊下が狭いから」

私が抗議したのは、抱き方じゃない。抱き上げないでくれとお願いしたかったのに！

佐藤さんは私の不満に気がついているはずなのに「いいから、大人しくしてろ」と言って、靴を脱ぐと部屋の奥へと歩いて行く。

そして行き着いた先は、ダブルベッドが鎮座する寝室だった。部屋のライトを点けたあと、私はベッドに下ろされる。

最初に見えたのは、佐藤さんの色気ダダ漏れの顔だ。

彼は私の腰を跨ぎ、余裕がなさそうに自分の服を脱いでいく。

上半身裸になった佐藤さんを見て、私は慌てて視線を逸らした。

アウトドアが好きというだけあって、筋肉がほどよくついていて、美しい肉体をしている。

小麦色の身体はとても男らしくてセクシーだ。

「奈緒子、こっち見ろよ」

「む、む、無理です」

目を瞑って何度も首を横に振っていると、彼は私に覆い被さってきた。

素肌が触れ、体温がダイレクトに伝わってくる。その現状に、慌てふためいてしまう。

私がいっぱいいっぱいな状態だとわかっているはずなのに、彼はさらに酷なことを言う。

「今から誰が奈緒子に触れるのか。きちんと見ていろよ」

「は、恥ずかしい……無理ですから！」

フッと耳元に息を吹きかけられ、思わず腰が揺れた。

超初心者には優しさを。そうお願いしたのだが、彼は一歩も引く気はなさそうだ。

「ダメだ。きちんと見ていろよ」

「佐藤さん！」

「そして、奈緒子の身体に俺が触れた証を残す……何度もお前を抱いて、俺のことを忘れられなくしてやる」

「っ！」

「いつ、辞令が出るかはわからない。たぶん今年中には出るはずだ。離れ離れになったとしても、奈緒子が俺を忘れないように、寂しくならないように抱くから」

胸が切なくて、痛かった。

両思いになったばかりなのに、やっとこうして佐藤さんに触れることができたのに……

私たちの未来は離れ離れになることが決定しているなんて。人生って本当にままならないし、神様は意地悪だ。

初カレができたといって浮かれてもいいはずなのに、悲しくなってしまう。

けれど、そんな運命を辿ることが決まっているのなら、一分一秒無駄にはできない。

恥ずかしさのあまり彼から視線を逸らしていたが、そんなことをしてはいられないのだ。

今はただ、佐藤さんを感じたい。彼を好きだってことを身体中で感じたいし、感じてもらいたい。

私は、ゆっくりと彼の背中に腕を回した。

「佐藤さんが名古屋に行っても寂しくないように……抱き締めてください」

もう一度ギュッと力を込めたのだが、肝心(かんじん)の佐藤さんから反応がない。

どうしたのだろう、と不安に駆られていると、ゾクリと背に痺(しび)れが走るほど情欲をそそられる声で囁(ささや)かれた。

「名古屋に行ったって、お前を放さない」

「っ」

私が息を呑むと、彼は腕を緩(ゆる)め、ベッドに肘をついて私を見下ろしてくる。

「こんな可愛い女、手放してたまるか」

その大きな手のひらが頬を包み込み、ゆっくりと唇が落ちてきた。

チュッと音を立てて触れると、佐藤さんは右腕で私の頭をかき抱き、深く深く唇を重ねてくる。

「ふっ……ぁ……」

舌の根を刺激され、そして絡め取られる。二人の唾液が混じり合ってクチュクチュと卑猥(ひわい)な音を立てた。

口の端から唾液が零れてしまったが、それを拭う余裕などない。

呼吸が乱れてしまうほど激しくて深いキス。車でのキスがファーストキスだった私にとっては、一気に難易度が上がったように思う。

トントン、と佐藤さんの頭に触れる。少しだけキスを止めてほしいとお願いするためだ。

しかし、キスは止まらないどころか、思わず悲鳴を上げそうなほど激しさが増していく。

「さ、佐藤……さぁ……んん！」

もう少し手加減を、もう少しゆっくりと。そんなお願いは聞かないとばかりに、彼の手は淫らに私の身体を這っていく。

耳、項、首筋に触れたかと思ったら、今度は鎖骨。ワンピースを脱がされて身体が丸見え状態だ。

ブラジャーもショーツもすべて見られてしまった。そう思うだけで、恥ずかしさが込み上げてくる。

今になってやっと気がついたのだが、部屋のシーリングライトが点いていた。

これでは私の身体が鮮明に見えてしまう。

激しすぎるキスをやっと止めてくれた彼に、息を整えながらお願いをしてみる。

「佐藤さん、お願いです。電気――」

「却下」

電気を消して欲しいと最後まで言わせてもくれなかった。しかも却下されるなんて。不服を口にしようとしたのだが、それよりも先にブラジャーのホックを外されてしまう。

いつの間に！　と、驚いている間にも、今度はショーツに手をかけられていた。

「ちょ、ちょっと待ってください」

電気が点いている中で全裸を見られるのは耐えられない。もう少し、心の準備をする時間がほしい。

そう思って制止すると、彼は意地悪そうに口角を上げた。

「じゃあ、今は脱がすのを止めておく」

「う……はい」

一気に裸にならずに済んで安堵したのもつかの間、次の瞬間には、ショーツを脱がされた方がましだったかもと思うほどの辱(はずかし)めを受けることになった。

佐藤さんはショーツの端から指を入れ、まだ誰にも触れさせたことがない場所を弄(いじ)り始めたのだ。

「さ、佐藤さん⁉」

「脱がすのはダメだって断られてしまったから、脱がさなかっただろう？」

「そ、そうですけど！」

確かにショーツを脱がそうとするのを止めてくれたが、まさかこんなことをするなんて思っていなかったのだ。

彼の手を止めようにも、それより先にクチュッと厭らしい音が聞こえ、ビックリして私の動きが止まってしまった。

（まさか、まさか、まさか……キスだけで？）

そう思うと、ますます羞恥心が込み上げてくる。

きっと私が恥ずかしがっているのをわかっているのだろう、彼はニヤニヤと笑って言う。

「キスだけで、感じたのか？」

「うー、そういうこと言うのは意地悪ですよ」

あまりの恥ずかしさに涙が滲む。

ヴァージンなのに、キスだけでこんなに身体が蕩けてしまうなんて思わなかった。

私の身体はエッチなんだろうか。戸惑いばかりが私に襲いかかってくる。

思考がマイナスに傾きかけたとき、彼が私の目尻に唇を寄せてきた。

「悪い。嬉しくて、つい」

「もう、意地悪！　佐藤さんのばかぁぁぁ！」

ポカポカと佐藤さんの胸板を叩くと、彼は困ったように眉を下げる。

「本当、悪かった」

「うー……」

唇を尖らせて睨みつけていると、佐藤さんはもう一度私の目尻に唇で触れてきた。

「奈緒子と想いが通じて、その上こうして抱き締めることができるなんてさ。さっきまでは思ってもいなかったから」

「……」

それは私も一緒だった。佐藤さんの言葉に頷くと、彼はホッと安心したように表情を緩める。

「だから、俺が浮かれるのは仕方がない。諦めろ」

「ちょっと、佐藤さん!?　なんか、開き直っていません？」

彼を窘めようとしたのだが、恍惚とした目が近づいてきて、私の心は鷲掴みにされてしまった。

「俺で感じる奈緒子は可愛い。思いっきり甘やかしたくなる」

「佐藤……さん」

目が眩むかと思った。佐藤さんの目は優しさに満ちていて、いつもの彼だと安心したのと同時に、胸がキュンと鳴く。

佐藤さんに恋していると、再度実感させられた。

身体中が熱い。顔も、耳まで真っ赤になっているはずだ。

目の前にいる佐藤さんには、すでに気づかれているだろう。

だけど、彼から視線を逸らすことができない。それほど強い眼差しで見つめられている。

「奈緒子は全部が初めて、で間違いないな?」

「は、はい……」

小さく頷くと、佐藤さんの指が私の顎に触れた。そして、クイッと上を向かされる。

すると、すぐそこに彼の唇があり、先ほどまでのキスを思い出してドキドキしてしまう。

私を翻弄していた唇……淫らに乱れてしまったことが恥ずかしくて頬を赤く染めると、彼がゆっくりと口を開いた。

「奈緒子。大事にするから」

私をまっすぐ見つめる佐藤さん。その顔はとても真剣で、嘘を言っているようには見えなかった。

小さく頷いて見つめ返すと、瞳が温和な雰囲気から、獰猛な獣に変わった気がする。

「好きだ」

佐藤さんは私の耳元で囁いて、舌を這わせ出した。

甘噛みされ、舌で耳を愛撫されたら堪らない。クチュクチュと耳を舐める音がダイレクトに響く。

思わず腰を震わせると、佐藤さんの手が私の無防備な胸に触れた。

「あぁっ！　……っやぁ」

「イヤじゃないだろう、ここはもう硬くなっている」

佐藤さんの言う通り、胸の頂はすでにツンと自身を主張している。そして、彼の指が触れただけで快感が背を走るほど敏感になっていた。

「ああ……はぅん！」

グイッと脚でシーツを蹴って、どうにかして甘い痺れを逃がそうとするのだけど、うまくいかない。

それなのに、彼の指は絶え間なく頂をこねくり回してくる。

「ふぁっ……ああ」

「そうやって可愛い声、出していろよ」

「無理です。恥ずかしい……もの」

「恥ずかしがると、俺がもっと興奮するだけだ」

わかっているか？　と、色気ダダ漏れの笑みを浮かべる佐藤さん。

その表情はとてもセクシーで、フェロモンが出まくっている気がする。

反論をしたいのだが、彼の指に乱され言葉が出てこない。

胸の頂をキュッと摘まれ、それだけで身体中が淫らに震える。

その上、もう一方の頂は舌と唇で愛撫されているのだ。

頂を舌で転がされ、唇でキュッと挟み込まれた。そんな刺激を与えられたら、喘ぎ声だって我慢できなくなる。

「っあ……ひぅ……ん」

「可愛いな、奈緒子は。もっと、可愛くしたくなる」

「やぁ……っ、そこでしゃべらないで！」

「そこって……？　ここのことか？」

わかっていて佐藤さんは意地悪をする。頼むから胸の頂を咥えながら、しゃべらないでほしい。

吐息と舌からの刺激で、目の前に火花が散りそうだ。

ハァハァと肩で息をしている私は、ただ彼の指と唇に翻弄され続ける。

胸を揉まれて頂を刺激されるたびに苦しいほどの快感が身体中に走って、どうにかなってしまいそうだ。

ひっきりなしに喘いでいる間にも、彼の唇は私の身体を舐めていく。

脇腹を舌で舐め上げ、チュッときつく吸われる。チクリとした痛みを感じたから、もしかしたら赤い痕ができてしまっているかもしれない。

だけど、それを確認する余裕は、今の私には皆無だった。

初めて与えられる快楽に、思考はふわふわと浮遊して現実から離れていきそうなのだ。

佐藤さんに優しく愛撫されて、幸せで涙が出そうになる。

トロンとした目で佐藤さんを見つめていると、彼の顔がショーツ辺りにまでやってきていた。

我に返って一気に顔が熱くなり、慌てて脚を閉じようとする。だが、彼の動きの方が一足早かった。

彼は、ショーツのクロッチの辺りに唇を這わせ始めたのだ。

驚きと、次々に与えられる刺激に慌てふためいてしまう。

「さ、佐藤……さ……やぁ、そんなふうに」

誰にも触れられたことがない蕾を、ショーツ越しとはいえ唇で弄られることになるとは思ってもいなかった。

だが、その前にもっと重要なことを思い出す。シャワーを浴びていないということだ。

「佐藤さん、シャワーを――」

「却下。奈緒子の味をしっかり覚えておきたい」

「わ、わ、私の味って!!」

名古屋に転勤になったとしても、私のことはしっかりと覚えておいてほしいし、ずっと好きでいてほしいと願っている。

だけど、忘れたくないのが〝私の味〟ってどういうことなのか。

しどろもどろになっていると、知らない間にショーツを脱がされていた。

今度は躊躇う暇さえない。

先ほどから感じていたが、佐藤さんはやっぱり場数を踏んでいると思う。

そりゃあ、男らしいし、何より優しさに満ちているステキな男性だ。周りの女性が黙ってはいなかったはず。所謂〝入れ食い状態〟になっていただろうし、こういったことにも手慣れていそうだ。

でも、歴代の彼女たちと同じことをされていると思うと、さすがに面白くない。

フイッと佐藤さんから視線を逸らすと、彼はそんな私を見てクスクスと笑った。

「何を怒っているんだ?」

「知りません! ただ、手慣れているなぁって思っただけで……」

「そうやって嫉妬している奈緒子も可愛い」

「嫉妬なんてしていません!」

悔しくてキュッと唇を噛みしめると、そこに彼の長い指が触れた。

「ダメだ、奈緒子の心も身体も俺のものだ。傷つけるのは許さない。それがたとえ奈緒子自身だとしても」

胸がキュンと鳴く。

ゆっくりと唇を噛むのを止めると、彼は困ったように私の頭を撫でてきた。

「言っておくけどな、奈緒子。ここ数年、恋人はいなかったから」

「う、う、嘘だ！　絶対に嘘です！」

こんなにモテそうな人が、長い間フリーだったなんて思えない。

疑いの眼差し（まなざし）で佐藤さんを見ると、彼は苦笑を唇に乗せた。

「奈緒子に嘘つく必要なんてないだろう？　それに、俺は一年前から奈緒子のことが気になっていたんだよ」

そう言ってそっぽを向く佐藤さんの頬は、真っ赤になっている。

まさか、そんな前から私のことが気になっていたなんて……。

それじゃあ佐藤さんも、私の電話の声に恋してくれていたのだろうか。

彼に聞いたが、意味ありげに笑うだけで詳しいことは教えてくれない。

「奈緒子を好きになったきっかけは内緒だ」

「え!?　意地悪です！」

不満を口に出すと、彼は柔らかくほほ笑む。

「安心しろ。とっくの昔にお前のことが好きだったのは、紛れもない事実だからな」

まさかの口説き文句に、私は目を白黒させた。

そんな私の頬にチュッと軽いキスをしたあと、彼は私の両膝に手を置き大きく開いた。

突然の行動に、慌てたなんてものじゃない。

「キャッ……ま、待って。やっぱり、シャワーを……」

「さっき必要ないって言っただろう？　俺は奈緒子を味わいたいんだ」

「味わうって……ぁ、っんん」

佐藤さんの指はツゥーと内腿を辿っていく。その動きはとてももどかしくて、思わず腰が揺れてしまう。

ギュッとシーツを握り締めて快感を逃がそうとするのだけど、そんなに簡単にできるものではない。

彼の指がきわどい場所を何度も行き来している。触れるか触れないかの絶妙なラインを触れられて、私の方が参ってしまった。

「佐藤……っさ……ぁんん」

腰が震える。その仕草がなんだか彼を誘っているように思えて、恥ずかしさに身悶えてしまう。

「どうした？　奈緒子」

「うー！」

意地悪だ。私が思っていることを、全部わかっていて意地悪しているのだ。彼の表情を見ればすぐにわかる。

ムー、と唇を尖らせてそっぽを向くと、佐藤さんは身体を起こして私の耳元で囁いた。

「奈緒子のイイところ、教えろよ」

「え？　っあぁ……んんっ！」

どういうことか聞こうとしたのだが、その声はすぐに嬌声に変わってしまった。

佐藤さんは私の頬にチュッチュッと何度も軽いキスをしながら、やっとほったらかしにされていた敏感な場所に指で触れてくる。

その瞬間、クチュッと厭らしい蜜の音が聞こえた。

恥ずかしくて堪らないのに、彼からの官能的なキス、そして淫らな指に翻弄されて、どうでもよくなってしまう。

「ここがイイ？」

「っや……あぁんんっ」

佐藤さんは唇にキスを落としつつ、わざと蜜の音がするように指を動かした。

蜜で動きが滑らかになっているみたいで、指が動くたびに気持ちがよくて堪らない。

「奈緒子の蜜はどこから出ているんだろうな」

「っ！　エッチ、すっごくエッチですよ、佐藤さん！」

わかっているくせに、そんな意地悪なことを言うなんて。

ふてくされて文句を言おうかと思ったが、抗議の声は甘ったるい喘ぎ声に変わってしまう。

グチュッと淫らな音とともに、彼の長くて節くれ立った指が、私の中心に向かって入ってきたのだ。

こんなふうに身体の中に、指とはいえ誰かが入ってくるなんて、初めての感覚だった。

動揺する私に、彼は耳元で呟く。

「奈緒子のここ、温かい」

腰砕けになってしまいそうなほど艶っぽい声だ。キュンと下腹部が疼いたのが、自分でもわかる。

佐藤さんはフッと楽しげに笑ったあと、「今、締め付けたな」と色っぽく囁く。

その声に再び下腹部がキュンと切なくなると、彼はチュッとこめかみに優しくキスを落としてきた。

だが、彼の指はキスの優しさとは真逆で、淫らに動き始める。

何度も出し入れをし、そのたびに蜜が零れ落ちていく。太ももに感じるのは、きっと垂れてしまった蜜なのだろう。恥ずかしくて悶える。

ハァハァと甘ったるい吐息を漏らしていると、彼の唇は胸の頂を捕らえた。

「ダ、ダメ……そ、そんなに」

佐藤さんの唇と舌は私の右胸を愛撫し、彼の左手は蜜が滴っている場所で淫らな動きをしている。

すでにいっぱいいっぱいなのに、彼は蜜壺にもう一本入れ込んだ。

急に圧迫感が増し、私の腰が甘く痺れたように震える。

「可愛いな、奈緒子は。想像していたより、ずっと可愛い」

「そ、想像って……」

涙目で彼を見つめるが、それは失敗だったかもしれない。

彼は私の胸にかぶりつき、舌を出して頂をこね回してきたのだ。その光景を目の当たりにしてしまって、慌てて視線を逸らす。

胸に彼の吐息が当たる。きっと私の反応を見て笑ったのだろう。

「もっと奈緒子を気持ちよくしてやりたい」

「え……？」

「どうしたらいい？」

そんなふうに甘く官能的な声で囁かれたら、腰が砕けてしまいそうだ。

(今でさえも気持ちよくて涙目になっているのに……)

「これ以上は無理です……っ！　もう少し手加減してください」

ストップをかけたが、佐藤さんの指は止まらなかった。

「そんなお願いは聞かない」

「え!?」

目を見開いた私に対し、彼はゾクリと甘く震えてしまうような笑みを浮かべていた。

「もっとして、っていう可愛いおねだりなら聞いてやる」

思わず息を呑んだ。耳に残る、佐藤さんの甘い声。

まだ電話だけでしかお互いを知らなかった頃とは違う。

無骨(ぶこつ)で荒っぽくて淫らな、彼の声。

前は電話の声が好きだった。だけど、今は目の前の彼が好き。

私は、熱に浮かされたように口走っていた。

「もっと、触れてください」

「え？」

佐藤さんは食(は)んでいた頂(いただき)から離れ、目を丸くして私を見つめてくる。

恥ずかしさが込み上げてきたが、それよりも今は彼を感じたい。

はしたないほど、彼に溺(おぼ)れてみたい。

未だに驚いて固まっている彼に、私は囁く。

「お願い、佐藤さん。私……もっとしてもらいたいです」

彼は一瞬息を呑んだが、すぐに目の色が変わった。

先ほどよりも一層熱く、淫らな色を含んだように思う。

彼の指はさらに厭らしく動き始めた。蜜壺に入れ込んでいた二本の指は、私の敏感な部分を探り当てて交互にさすっていく。

そのたびに甘く鳴く声と蜜が零れ落ちる音が部屋に響き渡る。

荒い呼吸をしながら佐藤さんの指に翻弄されていると、彼はこれまでまだ一度も直に触っていなかった部分に触れてきた。

「ああっ！　んんっ」

乱れてシーツを蹴る私を、彼は熱を孕んだ目で見下ろしてくる。

「奈緒子のここ、赤く充血している」

「さ、佐藤さん！」

「ほら、大きく腫れ上がっているな」

彼の口を手で押さえて、その厭らしい言葉の数々を封じたかった。

(恥ずかしい。でも、気持ちがいい)

二つの感情が混ざり合って私を襲ってくる。

だけど、今の私にできるのは、彼に可愛がってもらうことだけなのかもしれない。

佐藤さんから与えられる甘露のような愛撫に身体を震わせていると、彼が私の茂みに顔を近づけてくる。

止める間もなく、彼の唇と舌は赤く充血しているという蕾を可愛がり始めてしまった。

「あああっ!!」

ビクンと身体が大きくしなる。

身体中が熱く痺れるような感覚に、目眩が起きそうだ。

ジュジュッと蜜と蕾を吸う音が聞こえる。

思わず耳を塞ぎたくなるほどの恥ずかしさだが、敏感になった身体は自分の言うことも聞いてはくれないらしい。

恥ずかしすぎて止めてほしいのに、この気持ちよさをずっと味わっていたくなる。

矛盾する感情に苦笑してしまうが、今はただ彼の熱を感じていたいと思う。

彼が近い将来離れた場所で生活することになったとしても、いつでも彼の熱を思い出せるように。

だからこそ、今、彼に愛されたい。心の奥底からそう願う。

だけど、この刺激は気持ちよすぎて辛い。ひっきりなしに喘ぎ声を上げてしまい、喉が痛いくらいだ。

蕾(つぼみ)を舌でなぶるように転がされ、蜜壷に入っている二本の指は中を撫で上げていく。ふわふわとした浮遊感。どこかに飛んでいってしまいそうなほど気持ちがいい。

「あ、あ……ダメ！　これ以上は……っ」

未だに蜜を舐めている佐藤さんの頭を押さえたが、それは逆効果だったようだ。もっとして、と催促(さいそく)しているような体勢になってしまった。

彼の指と舌は、より一層私の快感を高めるために激しく動き出す。

「あ、も……ぅ、あああっ！」

ジェットコースターで一番高い所から急降下するときのような浮遊感とともにビクンと身体が震えて、シーツに身を投げ出した。

ハァハァと呼吸が荒くなっている。

チラッと佐藤さんに目を向けると、彼は口についた淫らな蜜を手の甲で拭き取っていた。

その仕草がとてもセクシーで、ドクンと胸が高鳴る。

佐藤さんは、もともと野性味溢れる男らしい外見だ。

そんな彼がますます野獣っぽく見えて、ドキドキが止まらない。

セクシーすぎる表情と声で「奈緒子、大丈夫か？」なんて呼びかけられてしまい、私は顔が熱くなるのがわかった。

思わず見入っていると、彼と視線が合う。

「奈緒子、どうした？」

「な、な、なんでもないですっ！」

勢いよく背を向けると、佐藤さんがクックッと楽しげに笑っている声が聞こえる。

だが、今は彼の方を見る勇気はなかった。

なんであんなに色気がダダ漏れなんだろう。そんな佐藤さんを見て、私の鼓動はさらに速まる。

ギュッと枕を抱き締めていると、腕から取り上げられてしまった。

「さ、佐藤さん？」

「お前が今、抱き締めるのは枕じゃないだろ？」

「え？」

「この俺だからな」

そう囁きながら私に近づいてくる。そこでハッとした。

佐藤さんはいつの間に下も脱いだのか、裸身だ。そして目に飛び込んできたのは、すでに準備が整っているいきり立った彼自身だった。

一気に頬がカーッと熱くなる。だが、どうしても彼の中心にあるモノから、視線を逸らすことができない。

（今から佐藤さんが……私の中に入ってくるんだよね）

指二本だけでも翻弄された私だ。あんなに大きなモノが入ってくるなんて、自分がどうなってしまうのか想像できない。

初めては痛い。それは知識として知っている。

だからこそ、不安で押し潰されそうだ。

身震いをする私を、佐藤さんは後ろから大きな腕で包み込んでくれた。

（温かい……）

ぬくもりにホッとしたが、よくよく考えればお互い何も身につけていない状態。ホッとしたのもつかの間、私の胸はまた早鐘を打つ。

「怖いか……？」

「え？」

戸惑いの声を上げると、背後から私を抱き締めている佐藤さんは困ったように笑った。

「初めてだもんな、奈緒子は」

「う……はい」

ここで誤魔化しても仕方ないだろう。それに何もかもが初めてだと最初に告白したのだから、今更取り繕っても無駄だ。

ギクシャクしながら頷くと、項に唇を寄せられてドクンと胸が高鳴った。

「……今日は、これで止めるか？」

「え⁉」

慌てて佐藤さんの方に向き直ると、彼は心配そうに眉を下げている。

私と視線が合うと、彼の指が私の唇に触れた。

プニプニと唇の柔らかさを確かめるように触れたあと、離れていく。

彼の指が離れることに、無性に寂しさが込み上げてくる。

もっと触れて欲しい。そんな思いでいっぱいになった。

「やだぁ……」

「奈緒子？」

私は佐藤さんに縋りつくように、彼の胸板にピトッとくっついた。

「もっと佐藤さんに近づきたいの……痛くても怖くてもいいもん。佐藤さんになら、私……私っ！」

ここで抱かれなかったら、きっと私は後悔する。

身も心も彼と近づくチャンスなのに、逃したりなんてしたらダメだ。

まだ内示は出ていないというが、おそらく数ヵ月以内には彼はこの地を離れていってしまう。

その前に、心も身体もすべて繋がりたいのだ。

彼の腕の中で縋りながら顔を上げる。

必死に言い募る私を見て、最初こそ驚いた様子でいた佐藤さんだったが、やがて魅惑的な表情を浮かべた。

「お前がイヤだってさわいでも、なんとか宥めて最後までするつもりだったけどな」

「へ？」

（あれれ？　先ほど困った顔して「止めておくか？」と言っていたはずだけど……？）

呆気に取られていると、彼は私の首筋に舌を這わせ始めた。

甘い吐息を漏らして身悶える私に、彼はクックッと笑い出す。

「奈緒子を抱かずに転勤なんてしたら、他の男に取られる可能性があるからな」

「えっと……私、残念ながらモテないですよ？」

むしろ心配なのは佐藤さんの方だ。

イケメンで大人な男の色気が漂っている彼を、一人名古屋に行かせる方が大問題だと思う。

私がそう力説すると、彼はプッと噴き出した。

「何を言い出すかと思えば。俺は奈緒子以外の女は眼中にないからな」

「それは私も言いたいです。私は佐藤さん以外の男性は恋愛対象外ですから」

お互いむきになって言い合ったあと、おかしくなって二人で声を出して笑った。

このやりとりのおかげで、緊張してガチガチになっていた身体がほぐれていく。

クスクスと笑い続ける私を見て、彼はホッとした表情を浮かべた。

「よかった」

「え？」

「奈緒子、顔が引き攣っていたから」

「う……」

図星をさされて視線を泳がせると、佐藤さんのおでこが私のおでこに触れた。

唇と唇が触れそうなほどの距離に、鼓動が高まっていく。

「奈緒子。これから俺がすることは痛いと思う」

「……はい」

「だけど、できるだけ痛くないようにするから……だから、俺にすべてを任せてくれないか？」

ジッと私を見つめる彼の目は、真剣そのものだ。

佐藤さんにならすべてを任せられる。それに、この先私の身体に触れるのは、彼だけであってほしい。

私は迷いも恐れもなく、大きく頷いた。

「佐藤さんにお願いしたいです。というか、佐藤さんじゃなきゃダメです。イヤです」

きっぱり言い切ると、彼の表情が柔らかく変化していく。

「ありがとう」

私の耳元でそう囁く声は、今まで聞いた佐藤さんボイスの中で一、二位を争うほどステキな声だった。

彼の腕の中から解放された私は、そのまま仰向けになる。

見上げると、彼のスタイルのいい裸身が見える。それだけで胸が高鳴った。

二人の視線が絡み合う。彼の目が、いいか？　と問いかけている気がして、私は小さく頷いた。

彼の手が、太ももを撫で回していく。

脚の付け根辺りまでしか触れてくれなくて、もどかしくて腰を動かしてしまった。

早く触れてほしい、と催促しているみたいで恥じらいを覚える。

そんな様子の私を見て、彼の口から楽しげな笑い声が漏れた。

余裕のある大人な態度だと思うけど、なんとなく面白くない。

だが、次の瞬間には、そんな子供じみた嫉妬を感じている暇などなくなってしまった。

「ふぁっ……ぅあぁあん！」

グッと脚を大きく開かされ、太ももに佐藤さんの舌が這っていく。

チロチロと舐められたかと思うと、きつく唇で吸われる。チクンとした痛みを感じるともに、快感が身体中を駆け巡った。

視線を下に向けると、きつく吸われた部分が赤くなっている。

何ヵ所もキスマークをつけられるたびに、彼の独占欲を感じて嬉しさが込み上げた。

彼に触れてもらえる幸せを噛みしめていると、快楽と幸福感によって身体中から力が抜けていく。

吐息も、甘ったるいものに変わっていくのがわかる。

彼に与えられる甘すぎる愛撫は、何もかもをトロトロに蕩けさせてしまう威力があった。

思考も甘く蕩けていた私だったが、ふと現実に戻る。

先ほどの愛撫でより敏感になった蕾に、彼のいきり立つモノが触れたのだ。

「ああ……っあん」

唇から零れる声は、さらに甘美になっていく。

佐藤さんは腰を前後に動かし、私の蕾を刺激してきた。

そのたびにグチュグチュと厭らしい音が部屋中に響き、私は恥ずかしさのあまり耳を塞ぎたくなる。

これからすることは頭では理解しているが、初心者の私にうまくできるだろうか。

そんな心配をしているうちに、彼は蜜壺に自身をあてがっていた。

「ゆっくり進むから。痛かったら言って」

「は、はい」

コクコクと真面目に頷くと、佐藤さんは目尻に皺を寄せてほほ笑む。

「ただ、痛いって言っても……もう止まれないから」

「佐藤さん」

「止めない。奈緒子は、俺の女だ」

「っ！」

胸がキュンとした瞬間、グググッと私の中心へ向かって彼が押し入ってきた。

あまりの圧迫感と異物感に、驚きを隠せない。

ただ、幸いにもまだ痛みはない。佐藤さんの手と唇によって、充分に中を柔らかくしてもらえたからだろう。

それに蜜がたくさん滴っているから、それが潤滑油の役目をしてくれているのかもしれない。

彼の動きは本当にゆっくりだ。私の身体を気遣っての行動だとわかっているから、幸せを感じる。

だが、そんな悠長なことを思っていられたのは、ここまでだった。

身体を押すようにして、彼が腰を沈めていくと、今まで感じたことのない痛みが私を襲う。

「痛いっ！」

思わず呟いてしまうと、佐藤さんは動きを止めてくれた。

「痛いか……っていうか、痛いよな」

彼は困ったように目尻を下げる。

「少しでも痛みが取れるように努力はするから」

「は、はい……」

ここまで来れば、私はもう彼にすべてを委ねるつもりだ。

ゴクンと生唾を呑み込んで緊張する私に、佐藤さんは凛々しい表情で言う。

「少しでも……俺を感じて気持ちよくなってくれれば嬉しい」

「佐藤さん……」

元々、彼の声が大好きな私だ。そんな私が、色気ダダ漏れな声で嬉しくなる言葉をかけられたら……心臓がいくつあっても足りないだろう。

現に今、私の心臓はこれ以上ないほど高鳴っている。

佐藤さんの扇情的な目を見つめている間に、また彼は私の中へと押し入ってきた。

少しずつ、少しずつ進んでくれることに、彼の優しさと愛を感じる。

だが、痛いものは痛い。私はギュッと目を瞑って、この痛みをなんとか乗り切ろうと必死になる。

「え……っふああんん！」

そんな私の身体に、急に痺れるような甘い快感が与えられた。

先ほどまで唇と舌で愛撫されていた蕾が、指でこねられたからだ。

私の吐息が甘くなるのを確認したあと、佐藤さんは覆い被さるように密着してきた。

蕾を弄っていた指が、今度は胸の頂に移動し、もう片方の頂を唇で食む。

ビクンビクンと身体を震わせていると、再び腰を進められた。

（痛い。すごく痛い。だけど、佐藤さんと密着することで蕾が擦られて気持ちがいい）

痛さと気持ちよさ。そのどちらをも忙しいぐらいに感じている私は、彼に縋りつくことしかできない。

「つう……！」

一際、強い痛みが私を襲った。ジンジンとお腹の奥が痛み、私は涙を零してしまう。

それを見た佐藤さんは、私の目尻に溜まった涙を舐める。

「全部、入った」

「え？　本当、ですか」

「よく頑張ったな」

チュッチュッと甘いキスを顔中に落とされて、安心と嬉しさが入り混じってさらに泣いてしまった。

ボロボロと涙を流す私を心配する佐藤さんを見つめ、首を横に振る。

「違うの。嬉しいんです……嬉しい」

喜びを素直に告げると、困惑気味の表情から一転、彼の顔が意味深なものへと変わった。

え？　と驚いている間に、彼の手は妖しい動きをする。

私の腰を持ち上げ、そこに枕を入れ込んだのだ。どうしてそんなことをするのか、訳がわからない私はポカンと口を開けてしまう。

ただ、この体勢では秘密にしておきたい場所が、より鮮明に見られてしまう。とは言っても、すでに彼に見られたし、触れられたが。

慌てて枕を抜き取ろうとしたのだけど、その前に私の脚は大きく開かれ、がっしりと腰を掴まれてしまった。

これでは身動きが取れないと、佐藤さんを見上げる。そこには獣と化した彼が、舌を出して自身の唇をペロリと舐めていた。

それに何やら、私の中に入っている彼が大きくなった……？

より一層圧迫感を感じ、私は目を何度も瞬かせた。

彼は私を見下ろし、淫らな表情をする。

「奈緒子、可愛すぎるのも問題ありだよな」

「は？」

意味がわからない。首を傾げると、彼はフフッと不敵に笑った。

そんな佐藤さんを見た瞬間、ゾクリと背中に淫らな痺(しび)れが走る。

「少し無理をさせる……悪い、もう限界だ」

「佐藤さん？」

「奈緒子を感じたい」

その切実な訴えに、私は迷わず頷いた。

「私も……佐藤さんを感じたい」

上目遣いでお願いをすると、彼の表情が切なそうなものに一変する。

「ったく、煽るな」

ゆっくりと腰をスライドさせていた佐藤さんだが、段々とスピードが速くなっていく。

私は彼に与えられる刺激に、ただ声を上げるだけだ。

痛みしか感じなかったのに、次第に気持ちよさも感じ始めていた。

いいところを擦(こす)られるたび、私の嬌声(きょうせい)が部屋中に響く。

「あ……っん！　やぁぁ……ん！」

あられもない声に自分でもビックリしている。けれど、抑えることなんてできない。

快楽を求め、佐藤さんのすべてが欲しいと願う私の身体は、トロトロに蕩けてしまっている。

「悪い、奈緒子。手加減できない」

「だ、だいじょう……ぶ、だからぁ……もっとして」

そうおねだりをすると、彼は深くため息をついた。

「……本当。ずるいよな、奈緒子は」

そう言った佐藤さんは、腰の動きをより速くしていく。

そのたびにグチュグチュと蜜が泡立つ音、そして彼の荒い息づかいが聞こえる。

何かに耐えるような表情で腰を動かす佐藤さんがセクシーすぎた。

私で感じてくれているのかと思うと、それだけで胸がキュンキュンと鳴いてしまう。

好き。佐藤さんのことが大好き。

そう言葉にしたいのに、今の私は甘ったるい声で鳴き続けることしかできない。

「あ、んん……だ、ダメ。また、来ちゃう。ゃあんん」

イク感覚は先ほど初めて体験したばかりだが、再びあのときの浮遊感が私を包み込んでいく。

いや、あのときよりももっと淫らな感覚だ。

佐藤さんの腰の動きがより速く、激しいものとなる。

「あ、ああ……ダメ、ダメ……っあああんん！」

下腹部がギュッと締め付けるような動きをしたと同時に、身体中が淫らに震え、自然と背が反った。

ふわっと身体が浮いたみたいに感じたあと、「奈緒子っ」と佐藤さんが掠れた声で私の名前を呼ぶ。

その声がとても淫らで色っぽくて……再び下腹部がキュンと切なくなる。

「奈緒子……奈緒っ――」

彼が最奥を突いた瞬間、私の中で爆ぜたのがわかった。

ドクンドクンと波打つ動きが伝わり、思わず顔を赤らめた。

（私、佐藤さんとしちゃったんだ……）

チラリと佐藤さんを見上げる。

彼は私の中から出ると、頬に手を伸ばしてきた。

ゆっくりと撫でる手つきは、うっとりするほど気持ちがいい。

嬉しくて小さく笑うと、彼もほほ笑んでくれた。

そして隣に寝転ぶと、そのまま私を引き寄せてくる。

「ありがとう、奈緒子」

「佐藤さん」

「これからも大事にするから」

チュッとつむじにキスが落ちてくる。私の髪を弄(もてあそ)びながら、佐藤さんはずっと身体を気遣ってくれていた。

彼の優しさとぬくもり、そしてこうして溶け合うことを覚えてしまった私。

これから数ヵ月後には、会いたいと思ってもなかなか会えない状況になる。それに耐えることができるだろうか。

不安と心配が押し寄せてくるが、私は慌てて頭を振った。

今はただ、佐藤さんにくっついていたい。幸せを噛みしめていたい。

私は甘えるように彼の背中に腕を回して、ギュッと抱きついた。

第五章

(幸せ……!　私、こんなに幸せでどうしよう!)

佐藤さんのぬくもりがまだ残っている自室で、私は一人幸せに浸(ひた)っているところだ。

今日は月曜日、午前十時過ぎ。通常なら会社へ行っている時間である。

ただ、私は仕事が一段落ついたので、溜まっていた有休を消化するためにお休みを取っていたのだ。

佐藤さんとお付き合いを始めて、早ひと月。

順調すぎるほど順調にお付き合いしている私たちは、土曜日、日曜日、そして今日の朝まで一緒にいた。

この二日間の甘い時間を思い出すだけで、にやけてしまう。

佐藤さんは相変わらずぶっきらぼうだけど、優しい。

二人でまったりと過ごしている間、私はずっと彼の腕の中にいて幸せを噛みしめていた。

ただ、ベッドでの営み（いとな）のときは少し意地悪だ。

まだエッチに慣れない私を気遣ってはくれるのだけど、時折エッチすぎることを囁（ささや）いたり、してきたりする。でも、そんな佐藤さんも大好きだからどうしようもない。

数時間前までずっと一緒にいたのに、もう会いたくなってしまった。

誰かに聞かれたら「このリア充が、バカップルが！」と罵（ののし）られそうなことを本気で思っている。

だって、とても幸せなのだ。この幸せを誰かにお裾（すそ）分けしたいと思うほど幸せ！

けれど頭の片隅には、佐藤さんが名古屋に行く辛い現実が燻（くすぶ）っている。

まだ内示は出ていないらしいが、不安で苦しくて仕方がない。

「ダーメ、今は思い出さない！　考えない！」

誰もいない自室で、自分に言い聞かせる。

佐藤さんと身も心も繋がったあと、何度となく転勤のことが頭を過ってしまう。そのせいで、せっかくの幸せ気分に水を差すようなことばかりしていた。

だけど、いくら心配したって、私にはどうすることもできないのだ。それなら、考えないようにしようと決意した。

それに、せっかく佐藤さんと一緒にいるのに、そんな悲しいことばかり考えていたらもったいない。

頭をブンブンと横に振って転勤うんぬんのことを払拭させていると、テーブルにシステム手帳が置いてあることに気がついた。

「これって……」

佐藤さんのシステム手帳だ。次に会える日を決めようとスケジュールを調整したときに、しまい忘れてしまったのだろう。

昨夜、チラリと見せてもらったときに、仕事の予定も書き込んでいると言っていた。この手帳がないと仕事にも影響を及ぼすかもしれない。

もしかしたら、私の部屋に置き忘れていることに気がついていなくて、捜し回っている可能性もある。

こうしてはいられない。私は慌てて携帯を取り出し、佐藤さんに連絡を入れる。

まずは『電話してもいいですか？』とメッセージを送ると、すぐさま彼から電話がかかってきた。

『どうした、奈緒子』

「仕事中にすみません」

私が謝ると、彼はいつもの調子で笑う。

『いや、大丈夫。今、休憩入れていたところだから。で、何かあったか？』

佐藤さんは結構心配性だ。私に対して、という前置きがあるけど。

今も何かあったのか、と心配そうに聞いてくる彼に、私は苦笑いを浮かべる。

「違うんです。システム手帳なんですけど私の部屋に忘れていますよ」

『やっぱりかぁ』

佐藤さんの声には、安堵と一緒に困惑の色が滲(にじ)んでいるように感じた。

『今夜取りに行ってもいいか？』

「もしよかったら、今から会社に届けますよ」

そう声をかけたが、彼は押し黙っている。

私は、彼に遠慮させないように続けた。

「私、ＡＭＢコーポレーション近くの百貨店に行きたいと思っていたんです。通り道だから届けますよ」

『奈緒子。そんなこと今朝言っていなかったよな？　わざわざ来てもらうのは悪い』

渋っている佐藤さんを説き伏せ、私は「届けますから！」と強気で言う。

すると、苦笑したような声で『じゃあ、待っている』と言い、承諾してくれた。

電話を切り、私は慌ててクローゼットを開く。

佐藤さんの会社に行くのだから少しでも大人っぽい格好をしていきたい。

メイクは丁寧に、髪もキレイに整えた。そうして念入りに準備をし、家を出る。

電車を乗り継ぎ、私はＡＭＢコーポレーション本社ビル前に立った。

ＡＭＢコーポレーションに電話をすることは多々あるのだが、こうして本社に来たのは初めてだ。思わず尻込みしてしまいそうなほど、大きな自社ビルだった。

大手企業は違うなぁ、と緊張でドキドキする胸をギュッと押さえ、私は佐藤さんに到着の連絡を入れる。

しかし、彼からの返信は一向にない。

私は意を決してビルの中に足を踏み入れ、受付で『国内物流部の佐藤さんをお願いします』と告げる。

佐藤さんが私のことを受付に伝えておいてくれたのか、すぐさま取り次いでくれた。

「佐藤は今、参ります。そちらのソファーでお待ちください」

「ありがとうございます」

目の前にあるソファーに腰を下ろし、人がたくさん行き交うロビーを改めてグルリと見回した。

国内的にも大きな会社だという認識はあったが、やっぱりすごい。

こんなに立派な社屋を見てしまうと、今後ＡＭＢコーポレーションに電話をするときに気後れしてしまいそうだ。

今は、佐藤さんとやりとりをしているわけだが、今後彼が名古屋に転勤となったら、違う人が担当になるのだろう。

そう思うと、胸がツキンと痛む。今朝、転勤のことは考えないと誓ったばかりなのに、これでは先が思いやられる。

フゥと小さくため息を零して視線を落とすと、私の目に男性の革靴が飛び込んできた。

佐藤さんかと思って顔を上げると、見知らぬ男性が私を見つめている。

「えっと……お待たせいたしました？」

「え？」

誰でしょうか、というのが最初の感想である。

相手の男性も、私が誰なのかわからない様子だ。

慌てながらも、ふと目の前の男性の顔をもう一度見る。

中肉中背のその男性は、どこか神経質っぽい雰囲気を纏っていた。

すると、彼も訝しげに私を見下ろしてくる。

お互いジッと見つめたあと、ふと脳裏に過ったのは大学生のときの記憶だ。それは相手も同じだったらしい。

「え？　え？　もしかして、吉岡奈緒子ちゃん？」

「沙藤先輩ですか⁉」

驚いて思わず声を上げてしまう。

彼――沙藤先輩は、私が大学時代に入っていたサークルのＯＢだ。

私がサークルに所属していたころ、先輩はすでに社会人だったが、よく顔を出しに来ていた。

大学を卒業して以来会っていなかったが、面影はあって思い出すことができた。

しかし、以前、沙藤先輩に勤め先の名前を聞いたことがあるのだが、ＡＭＢコーポレーションとは違う会社名だったはず。

そのことを聞くと、沙藤先輩は長く出向先の子会社にいて、つい先日本社に戻ってきたという。

なるほど、と納得していると、沙藤先輩が隣に腰を下ろしながら不思議そうに首を傾げる。

「どうして奈緒子ちゃんがここに？　それも、なんで僕がいるってわかったの？」

「えっと、違うんです。沙藤先輩がＡＭＢコーポレーションにいるなんて知りませんでした」

「え？　でも僕を呼び出したんでしょ？」

ますます不思議そうに首を傾げる沙藤先輩に、私も首を捻る。

「私もわからないんですけど……えっと、私が呼び出しをお願いしたのは、にんべんに左って書く、佐藤さんなんです」

もしかしたら、〝さとう〟違いで、こんな事態を招いてしまったのかもしれない。

そう沙藤先輩に言うと、彼も腑に落ちたようだ。

「ああ、確かに物流部には〝さとう〟が二人いるからね」

「やっぱり！」

「受付からの電話を受けた子、〝さとう〟がうちの部に二人いることを知らなかったのかも。昨日派遣会社から初めて来た子だったからなぁ」

「なるほど。それで！」

これでやっと謎が解けた。すっきりしたところで、改めて佐藤さんを呼び出してほしいとお願いをする。すると、彼は困ったように眉を顰めた。

「あー、さっき飛び込みで来たお客さんの対応をしていたから、まだ時間がかかるかもしれないよ?」

「そうなんですね」

どうしようかな、と佐藤さんのシステム手帳を見つめる。

どれぐらい商談が長引くのかわからないが、手帳を彼に渡したい。

かといって、沙藤先輩に届けてほしいと渡すのは気が引ける。

手帳はプライベートなこともたくさん書いてある。人に見られたくないだろう。

直接渡すしかない以上、もう少しここで待たせてもらおうか。

もしくは、ここに来る口実に使った百貨店へ、本当に行ってくるのもいいかもしれない。

そうしたら佐藤さんも迷惑をかけたと気に病まずに済むだろう。

そんなことを考えていると、隣に座っていた沙藤先輩が私の方へ身を乗り出してきた。

「あのさ、奈緒子ちゃん。もしかして、佐藤さんと付き合っているの?」

「え!?」

思わず顔が赤くなってしまう。

こんなふうに他人に佐藤さんとの仲を聞かれたのは初めてだ。

そうだ、私は佐藤さんの恋人。改めてその幸せを噛みしめたあと、コクリと頷いた。

何故か、それを見た沙藤先輩の表情が険しくなる。

首を捻っていると、彼は言いにくそうに口を開いた。

「止めておいた方がいいと思う」

「え？」

まさかの言葉に、私は目を丸くする。

「あの人、出世のために俺の得意先をすべて横取りしてきたんだ」

「っ!?」

「そんなひどい人と一緒にいちゃいけない」

沙藤先輩はギリッと歯ぎしりをしそうなほど顔を歪めているが、私にはどうしても信じられない。

「佐藤さんが、そんなことするはずないと思います」

きっぱりと言い切る私に、沙藤先輩は食ってかかる。

「奈緒子ちゃん！　君は騙されているんだ。早く目を覚ました方がいい」

そう言い、沙藤先輩は私の両肩を掴んで必死に説得をし始めた。だが、私には何かの間違いにしか思えない。

頑として信じない私に、彼は怪しげに笑う。

「そんなにあの人を信用していると、痛い目に遭うよ」

「え？」

「あの人、社内に本命の彼女がいるんだぜ？　常務の娘でさ。佐藤さん、うまくやったよな。これで安泰だもんな」

「そんな……」

そんなの嘘だ。でたらめに決まっている。

だけど、よく考えてみれば、仕事場での佐藤さんのことは何も知らない。

仕事のことだけじゃない。まだまだ、彼について知らないことばかりだ。

ドクンドクンと心臓がイヤな音を立て始めた。

手にしていた手帳をギュッと握り締める私に対し、沙藤先輩はさらに続ける。

「ねぇ、奈緒子ちゃんは知ってる？　佐藤さん、今度栄転するらしいんだ」

「……」

名古屋支社に行くことは、知っている。将来重要なポストに就く人間が、行くことになるとも聞いている。

黙りこくる私に、沙藤先輩はクスッと嫌みっぽく笑った。

「それで、異動先に常務の娘を連れて行くっていう話だよ？」

嘘だ！　そう叫びたかったが、沙藤先輩の声に遮（さえぎ）られる。

「奈緒子ちゃん、君は捨てられちゃうんだ」

ガツンと頭を殴られたような衝撃が走った。

佐藤さんに限ってそんなことはない。そう信じている。

（だけど、もし沙藤先輩の言うことが正しかったら……？）

戸惑っている私の耳元で、沙藤先輩は囁いた。

「あの人、嘘つくのがめちゃくちゃうまいからね。社内でも色々な女に嘘ばっかり言って、何人も泣かせてきたんだ」

「……」

「騙されないように気をつけなよ？　どの子も、最初は佐藤さんのこと優しい人だと思って騙されているからさ」

もし、沙藤先輩の言葉が正しければ、甘い言葉も何もかも嘘だったということなのだろうか。

すべてが足下から崩れていくような感覚を覚え、私は再び手帳を強く握り締める。

そのとき、沙藤先輩が誰かに声をかけた。

「商談は終わったんですか？」

慌てて顔を上げると、そこには肩で息をしている佐藤さんが立っていた。

顔を顰め、沙藤先輩を睨みつけている様子は、今まで見たことがないほど苛立っているように見える。

「その子は俺を訪ねてきたんだ。お前には関係ないだろう？　なのに、何故お前がここにいる？」

「昨日来たばかりの派遣の子が〝さとう間違い〟したんですよ」

沙藤先輩がニヤニヤと厭らしく笑って理由を話す。

呆然としている私の腕を、佐藤さんが掴んだ。

驚く間もなく強引に立たされ、どこかへ連れて行かれる。

「佐藤さん！」と呼んでも、止まってはくれない。

息が荒くなってきた頃、ようやく彼は立ち止まってくれた。

そこはビル近くにある小さな公園で、今は誰もいない。私は乱れた呼吸のままベンチに座り込んだ。

はぁはぁとまだ呼吸が整わない私を、彼は厳しい表情でジッと見下ろしている。

「アイツ……沙藤とどういう関係？」

佐藤さんは私を疑っているのだろうか？　息を呑んで目を見開いている私に、彼は鋭い声で質問を重ねた。

「どういう関係かって聞いているんだ」

「っ！」

静かな口調だったが、苛立っているように感じる。そんな彼にすっかり萎縮して、声が震えてしまう。

「……大学で入っていた、サークルのＯＢなんです」

佐藤さんの表情が少し安堵したように見えた。だが、すぐにしかめっ面に変わる。

「それだけの関係？」

「どういう意味ですか？」

彼は私をまっすぐ見つめたあと、苦しそうに呟いた。

「アイツと付き合っていたんじゃないのか？」

やっぱり佐藤さんは、私のことを疑っている。それを信じたくなくて、つい大きな声を上げてしまう。

「付き合っていません！」

私の言葉を信用してもらえないことに、怒りを覚える。

なおも反論しようとする私の隣に、佐藤さんはドカッと音を立てて座った。

そして、彼は私の顔を一切見ることなく冷たく言う。

「二度とアイツに近づくな。いいな？」

一方的な言い方に、さらに怒りがわく。

「どうしてですか？　理由を教えてください」

「理由？」

「そうです。理由もなく一方的に言われても困ります。沙藤先輩は私の先輩なんですから、今後会うこともあると思いますし」

黙りこくる佐藤さんに、私はより不信感を抱いてしまう。キュッと唇を噛みしめたあと、私はもう一度彼に問いかけてみた。

「佐藤さん、どうしてですか？　理由を教えてください！」

「……それは、答えられない」

「どうしてですか？」

何度も佐藤さんに問いかけるが、彼ははぐらかしてばかりだ。何か隠しごとをされているように思えて胸がツキンと痛む。

こんな態度を取られてしまうと、沙藤先輩が言っていたことは本当なんじゃないかと疑ってしまいそうになる。

沙藤先輩の顧客を横取りしたということ。佐藤さんには本命の彼女がいるということ。

佐藤さんはこれらのことが私にバレてしまうのを、恐れているのだろう。だから、沙藤先輩と会うなと言うのではないか？

それなら、今の彼の態度にも納得がいく。

要は、私は彼に遊ばれたのだ。私は、今まで騙してきた女性たちの一人にすぎないのだろう。

男性経験のない私を騙すのは簡単だっただろうし、名古屋に転勤してしまえばわだかまりもなく捨てられる。

遊び相手として、私はちょうどよかったのだ。

そうでもなければ、引く手あまたであろう佐藤さんが、私を選ぶはずがない。

何も言わない彼に痺れを切らした私は、手帳を押しつけ、走ってその場をあとにした。

去り際に佐藤さんが何か叫んだように思ったが、私の耳には入ってこない。

そのあとのことは、記憶が曖昧だ。

ふと、我に返ったら自宅マンションの玄関先に座り込んでいた。

力が入らない。何もしたくない。

きっと、自分の部屋に戻ってきたことで、プツッと緊張の糸が切れたのだろう。そこから立ち上がれなくなってしまった。

何時間、そのまま座り込んでいただろうか。土間の冷たさですっかり脚が冷えてしまっている。

だけど、もっと冷たくなってしまったのは心だ。

疑いたくない、でも……と、そんなことばかり繰り返している。

寒さに震えるのは、彼のぬくもりを知ってしまったからなのか。

ようやく立ち上がったとき、カバンから携帯が滑り落ちてしまった。

そこで初めて何件も電話が入っていたことに気がつく。それにメッセージもたくさん届いていた。

どれも佐藤さんからで、私の安否を心配している内容のものばかりだ。

再び携帯の着信を知らせるランプがチカチカと点く。相手は佐藤さんだった。

私は電話には出ず、そのままカバンに携帯を突っ込んだ。

今はまだ、佐藤さんと話す勇気が持てない。

いつまでも無視し続けるのは不可能だけど、ほんの少しの間だけでも、心の準備をさせてほしい。

そんなことを考えながら、私は洗面所へと逃げ込んだ。

＊　＊　＊　＊

翌日、憂鬱(ゆううつ)な気持ちで出社し、いつも通りの仕事をこなしていく。

だが、少し気を緩(ゆる)めればすぐに佐藤さんのことを考え込んでしまう。

これではいけないとわかってはいるが、どうしても昨日の出来事が脳裏(のうり)を過(よぎ)ってしまうのだ。

唯一よかったと胸を撫で下ろしたのは、今日が火曜日だということ。ＡＭＢコーポレーションに受注の電話をすることはないからだ。

とは言っても、金曜日には電話をしなければならない。

それまでには気持ちの整理をし、一度佐藤さんにプライベートで電話をするべきだ。

そうしなければ、仕事の電話もうまくできないだろう。

ため息をついたとき、誰かに背中をポンと叩かれる。ハッとして振り返ると、渡部さんが立っていた。

「吉岡、外線だ」

「えっと、どこからですか?」

「AMBコーポレーションの佐藤さんからだ。外線一番な」

「えっ!?」

今日は金曜日じゃないから、受注の電話はしなくてもいいはずだ。

となれば、何かミスをしたか。そんな考えが過(よぎ)ったが、渡部さんの話ではミスではないらしい。

でも、あの佐藤さんがプライベートのことで会社に電話をしてくるとは考えにくい。

うー、と唸(うな)っていると、渡部さんはクックッと笑った。

「お前の王子様からだ～、心してかかれよ」

「う……はい」

渡部さんは私と佐藤さんが付き合い出したことを知らないし、昨日のいざこざも知らない。

彼としては、〝いつものように舞い上がるなよ〟という意味で言ったのだろう。

だが、今日は気持ちが高揚しない。それどころか、このまま居留守を使いたいなどと思ってしまう。

しかし、もう逃げることはできないのだ。私はゴクリと唾を呑み込んだあと、渡部さんに指定されたボタンを押した。

「はい、営業部の吉岡でございます」

『いつもお世話になっております。ＡＭＢコーポレーションの佐藤です』

いつもと変わらぬ美声だ。普段ならときめきすぎてドキドキしてしまうところだが、今は彼の声を聞くだけでビクビクと怯(おび)えてしまう。

佐藤さんは、どうして私に電話をしてきたのか。

『吉岡さんがいらっしゃってよかったです』

「っ！」

普通に聞けば、私に用事があったから電話に出てもらえてよかった、ということになるのだろう。

しかし、今の言葉には、〝昨日から全然連絡がつかなかったけど、元気そうでよかった〟という意味になるのだと思う。

無言のままの私に対し、佐藤さんはビジネスモードで続けた。

『では、早速なのですが。急遽注文をお願いしたくて電話いたしました。間に合いますでしょうか？』

なんでも、顧客から今夜納品してほしいという無茶ぶりの依頼を受けたという。

ただ、今の時間なら在庫さえあればギリギリ間に合うはず。それを知っていて佐藤さんは電話をしてきたのだろう。

ただ仕事の電話だったのだとわかり、気持ちを切り替えようと息を吐く。

だが、今日の私はやっぱり変だ。

昨日のことがあるにせよ、集中力がなさすぎる気がする。

「はい、間に合うと思います。ご注文をどうぞ」

『その前に、実は今、出先でして……メールを再度送ることができそうにないんです。口頭だけでも大丈夫でしょうか？』

「ええ、大丈夫です」

そこまではよかった。だが、ハッと気がついたときには『以上です』という佐藤さんの言葉が聞こえていた。

本来なら、手にしている受注書にメモ書きをしているはずだ。だが、私のデスクにあるそれは白紙のまま。

サァーッと血の気が引く。顧客の話を聞いていなかったなんてあり得ない。重大なミスだ。

電話先の佐藤さんには見えないのに、私は勢いよく頭を下げる。

「申し訳ありません！」

『え？』

「もう一度……、もう一度注文内容を伺ってもよろしいでしょうか？」

冷や汗が背中を伝い、手にイヤな汗が滲む。

涙が零れてしまいそうだけど、すべて自分が招いたことだ。泣いてどうなることでもない。

グッと唇を噛みしめると、電話先から冷たい声が返ってきた。

『わかりました。ですが、別の方に代わっていただけますか』

「っ！」

『今日の貴女には、仕事をお任せできないので』

佐藤さんの言う通りだ。満足に電話の応対もできないような人間では信用できないだろう。

「申し訳ありませんでした。渡部に代わります」

保留ボタンを押して大きく息を吐いたあと、渡部さんの席に向かう。

「どうした？　吉岡」

「すみません、渡部さん。佐藤さんからの注文を聞いていただけませんか？」

「はぁ？」

「私のミスで怒らせてしまいました。注文は私ではなく、他の方にしたいとおっしゃっています」

「……わかった。やっておく」

「申し訳ありません。よろしくお願いします」

電話を渡部さんに引き継ぎ、私は力なく席に戻った。

佐藤さんに失望されたかもしれない。

プライベートを引きずって半人前以下の仕事しかできない私に、怒りを覚えたはずだ。

ガクガクと身体が震え、胃の辺りが気持ち悪い。

血の気が引いていくように感じて、身体が重くなっていく。

冷や汗が再び背中を伝っていき、目の前が暗くなる。

「吉岡、注文聞いておいたぞ……って、おい！　吉岡、大丈夫か？」

「え？」

渡部さんの声が遠くに聞こえた。

ハッと我に返るが、胃から何かが込み上げてきそうで気持ち悪い。

それをグッと堪え、渡部さんに頭を下げた。

「すみません、渡部さん。ご迷惑をおかけしました。佐藤さんには明日、謝罪の電話を……」

「それはいい。お前、顔が真っ青だぞ？」

「そうです……か？　大丈夫、です」

佐藤さんにも渡部さんにも、迷惑をかけてしまった。

これ以上甘えることは、自分が許せない。

なんともないようにニッコリと笑ったつもりだったけど、かえって渡部さんの不安を煽ったようだ。

彼はより心配そうな表情で私を見つめてくる。

「とにかく今日はもう帰った方がいい。部長には俺から言っておくから」

「でも……」

「そんな調子では仕事にならないだろう？　佐藤さんのことは安心しろ。午後からＡＭＢコーポレーションに行く予定だから、吉岡は体調が悪くてきちんと電話を聞き取ることができなかったって謝っておくよ」

だから心配するな、と気遣ってくれる渡部さんだが、私は首を横に振って拒否した。

「体調のことは言わないでください！　私がきちんと対応できなかったのが悪いんです。

言い訳したくありません」

「吉岡……」

困惑気味の渡部さんを見て、私は肩を落とす。

「本当はすぐに謝罪の電話を入れるべきだと思います。でも、今はうまく話すことができそうにないので、明日必ず電話をします」

「……わかった。とにかくお前は早く帰れ。電車じゃ無理そうだからタクシー使えよ」

「はい。ご迷惑おかけします。よろしくお願いします」

もう一度渡部さんに頭を下げると、カバンを持ってオフィスを出た。

目眩(めまい)がして頭がクラクラする。吐き気もあり、先ほどよりも体調が悪化しているように思えた。

大通りに出てタクシーを拾うと、すぐさま病院に駆け込む。診断は風邪。ついでに貧血も起こしていると言われた。

昨日、玄関の冷たいタイルの上に何時間も座り込んでいたのが原因だろうか。

点滴をしてもらって幾分体調がよくなった私は、自宅マンションに戻ってすぐさまベッドにダイブした。

（化粧を落とさなくちゃ……スーツも脱がなくちゃ……）

そう思うのだけど、身体がうまく動かない。いや、動きたくないと身体が叫んでいる。

目を瞑れば、昨日のこと、そして先ほどのミスのことを思い出して、ジクジクと胸が痛む。

きっと佐藤さんは呆れたに違いない。

彼からの電話は、最初に出た渡部さんに話しても大丈夫な内容だった。それなのに、あえて私を指名してきたのは、きっと心配してくれていたからだ。

何度も電話やメッセージをしてきてくれた。それなのにすべて無視して、後ろめたさを勝手に感じて……挙げ句あり得ないミスをする始末だ。

自分でも呆れるし、情けなくて涙が零れてしまう。

「佐藤さん……常務の娘さんと一緒に名古屋に行くのかなぁ」

そう呟いたら、涙が止まらなくなってしまった。

私は佐藤さんにとってどんな存在だったのだろう。

単なる遊び相手だったのだろうか。

不安で、心がギュッと締め付けられる。

彼からの電話に出ることができなかったのは、私が臆病者だったから。

〝今までのことはすべて嘘だった、別れよう〟と言われるのが怖かったのだ。

でも、考えても仕方がない、今日はとにかく寝よう。明日にはいつもの私に戻って、きちんと佐藤さんに謝ろう。

そう思って布団を被った瞬間だった。ピンポーンとチャイムの音が聞こえた。

ゆっくりと身体を起こし、インターフォンのディスプレイを覗く。

「っ！」

思わず息を呑む。玄関の前には佐藤さんが立っていたからだ。

どうしてここに彼がいるのか。慌てて時計を確認すると、終業時刻はとっくに過ぎていた。佐藤さんは、会社の帰りにここへ寄ってくれたのだろう。

胸が切なく締め付けられたが、今は会いたくない。いや、会えない。

（どんな顔をして会えばいいの。あんな失態をしたばかりなのに……）

せっかく来てくれた佐藤さんに失礼だということは十分わかっている。

だけど、まだ今は彼に会うことができない。

そのあと何度かチャイムの音が聞こえたが、やがて諦めたようで音が鳴り止んだ。

本当にごめんなさい、と玄関に向かって頭を下げる。

彼に謝ることがまた一つ増えてしまった。だが、とにかく今は身体を回復させることだけ考えよう。

項垂（うなだ）れながら重い足取りでベッドに向かうと、再びチャイムの音がした。

そして、今度はドンドンと扉を叩く音とともに、このマンションの管理人さんの声が聞こえる。

「吉岡さん！　吉岡さん、いらっしゃいますか？　大丈夫ですか？」

「え⁉」

一体何事だろう。外の様子を確認することもせず、慌てて扉を開く。

すると、そこには管理人さんと佐藤さんがいた。

目を丸くしている私に、管理人さんはいつも通り穏やかに笑う。

「ああ、よかった。吉岡さんが部屋で倒れているかもしれないって、婚約者の彼が言うから。心配しちゃったよ」

「こっ……⁉」

婚約者という言葉に驚いて佐藤さんを見る。すると、彼は決まり悪そうに視線を逸らした。

そんな私たちのやりとりなど気にせず、管理人さんは「それじゃあ」と手を挙げる。

「ご迷惑をおかけいたしました。ありがとうございました」

佐藤さんはそう言うと頭を下げた。私もそれにならい、慌てて頭を下げる。

管理人さんの背中が見えなくなると、彼に勢いよく怒鳴られた。

「バカ！　心配しただろう⁉　返事ぐらいしろ」

「ごめんなさい！」

佐藤さんの言うことはもっともだ。再び頭を下げた私の頭上で、彼の大きなため息が聞こえる。

　恐る恐る顔を上げると、彼は心配そうに私を見つめていた。

「渡部さんがうちの会社に来たときに、詳しいことは聞いた。奈緒子は体調が悪くて、俺との電話のあとで早退したって」

　渡部さんには口止めをしたのに、佐藤さんに言ってしまったようだ。

　縮こまる私に、彼は眉を下げる。

「悪い、奈緒子。あんなに冷たいこと言って」

　申し訳なさそうな彼に、私は首を横に振った。

「佐藤さんは何も悪くないです。体調なんて言い訳にすぎません。仕事として電話に出た以上、きちんと対応できなければ社会人失格です。申し訳ありませんでした」

　まずは取引先の担当者への謝罪をした。そしてここからは、プライベートの佐藤さんへの謝罪だ。

「電話やメッセージに返事をしなくてごめんなさい。佐藤さんに会いづらくて……ごめんなさい」

　深々と頭を下げる私を、佐藤さんはギュッと抱き締めてきた。

「もう、いいから。ほら、中に入ろう」

「……はい」

涙が零れそう。佐藤さんの顔を見たら泣き出してしまいそうで、私は視線を上げることができなかった。


佐藤さんに促され、私はベッドの上に座る。

彼はフローリングに敷かれたラグの上に座り、こちらを見上げた。

その表情は真剣そのもので、私の胸は酷く痛む。

今から、私は佐藤さんに別れを告げられるのだろうか。

ギュッと手を握り締めていると、彼は落ち着いた声色で言った。

「大事な話がある」

まだ覚悟は何もできていない。だからこそ、佐藤さんを避けていたのに……

私はこれから切り出されるだろう別れ話に恐れをなし、ギュッと目を閉じた。

「異動のことなんだが――」

「彼女と一緒に行くんですね」

最後まで聞きたくなかった私は、彼の言葉を遮った。

胸がキリリと軋む。痛くて痛くて涙が出てしまいそうだ。

そんな私とは対照的に、佐藤さんはキョトンとした顔で首を捻っている。

「は……？　彼女？」

「はい、彼女です」

「彼女って……奈緒子のことだよな？」

「私じゃなくて」

言っていて悲しくなってきた。涙が滲んで視界がぼやけている私に、彼は不可解そうにもう一度首を傾げる。

「は？　俺の彼女は奈緒子だろう？」

「へ？」

「ん？」

なんだか話が噛み合わない。

私はベッドから下り、佐藤さんに近づいて意を決して口を開く。

「沙藤先輩が言っていましたよ。常務の娘さんが佐藤さんの本命の彼女で、転勤先にも彼女を連れて行くって」

「はぁ!?」

佐藤さんは素っ頓狂な声を出して、眉間に皺を寄せる。

彼があまりにも大きな声で叫ぶから、私はビックリして目を見開いた。

そんな私を見て、彼はハァーと大きくため息を零す。

「それはな、奈緒子。沙藤のバカに騙されたんだよ」

「騙されたって……。でも、佐藤さんが嘘をついている可能性だってあるじゃないですか」

「……」

「沙藤先輩が言っていました。佐藤さんは嘘をつくのがうまいって。騙されちゃダメだって」

「あのなぁ……」

「社内の女の子、何人も騙して泣かしているって。そんなこと聞いたら、私も遊ばれてるのかも、て思っちゃうじゃないですか！」

私は半ばヤケになって叫んだ。

佐藤さんが言っていることが真実なのか。それとも、沙藤先輩が言っていたことが真実か。

今の私にはわからない。だけど、私は佐藤さんが好きだ。誰にも渡したくない。

彼が、少しでも私のことを好きだと思ってくれているのならば、私はやれることをやりたい。

そう思って、彼に抱きついて懇願(こんがん)した。

「……私を連れて行ってくれませんか？」

これは、私にとって最後の賭けだ。

手が震える。もちろん、身体も震えていた。

佐藤さんにも、私が震えているのはバレているだろう。

ただ、必死だったのだ。その一言に尽きる。

離れるのはイヤ、と彼をきつく抱き締めていると、頭上から呆れたような声がした。

「どこに連れて行けって？」

慌てて顔を上げると、佐藤さんは柔らかな笑みを浮かべている。

そして、私の背中にポンポンと優しく触れた。

それだけで心が落ちついていく。

「奈緒子の言っている意味がわからないな。俺の部屋に連れて行けばいいのか？　それならいつでもどうぞ。なんなら今すぐ引っ越し業者に頼んで、荷物を運ぶ手配でもするか？」

「からかわないでください！」

どこかバカにされたように感じて声を尖らせた私に対し、彼は穏やかにほほ笑む。

「からかってなんていない。連れて行ってくれと言うのなら、こちらとしては喜んで連れて行くだけだ」

「へ？」

「だけど、連れて行く場所は名古屋じゃない」

「ほら、やっぱり！　常務の娘さんを連れて行くんですね！」

憤慨（ふんがい）する私に、佐藤さんは頭をガシガシと荒っぽく掻き、苛立（いらだ）った様子を見せる。

（何よ、逆ギレ!?）

そう思って顔を歪（ゆが）める私に、彼は大きな声で言った。

「だから！　ああー、もう。異動はなくなったんだよ」

「は？」

「いや、異動はある。だが、本社内での異動だった」

「何ですか、それ……」

呆然とそう呟くと、佐藤さんは今回の詳細を説明し始めた。

なんでも部長の勘違いだったらしく、異動は異動でも同じ本社内。商品管理部の課長ポストだということだった。

出世であることには変わりないが……もう、なんて人騒がせな部長さんだろう。

よかったぁ、と崩れるように身体から力が抜けた私は、佐藤さんにギュッと抱き留められた。

温かい。彼のぬくもりはやっぱり安心できる。

でも、常務の娘さんが本命なのか。そこはまだきちんと聞いていない。

慌てて離れようとする私を、彼は力一杯抱き締めてきた。

「放さない」

「ちょ、ちょっと放してください。私の疑問にまだ答えてもらっていないですよ！　佐藤さんの本命は誰なんですか？」

私の言葉を聞いて、彼はますます抱き締める腕の力を強めた。

「本命は奈緒子に決まっている！　確かに、常務の娘に言い寄られているけど、断じて付き合ってもいないし、全部断っている。結婚の話なんて出ていない」

「ほ、本当……？」

恐る恐る聞くと、佐藤さんはムッとした表情で私に顔を近づけた。

「あのなぁ。これだけ奈緒子に振り回されている男が、他の女に目がいくと思うのか？」

「ちょっと、それ心外です」

私がいつ佐藤さんを振り回したというのか。どちらかといえば、私が彼に振り回されているのに。

どうしても納得がいかなくて唇を尖らせる。すると、そこに彼の指が触れた。

大事なものに触れるように慎重で、丁寧な動き。私の胸はそれだけでドキドキしてしまう。

「奈緒子のことが心配で仕事を絡めて電話をしたのに、お前は俺の話を聞いてくれなかった」

「あれは……」

「わかっている。奈緒子は俺の声が聞きたくなかったんじゃなくて、体調が悪かったからだよな」

ばつが悪くて俯く私に、佐藤さんはまだ言いたいことがあるようだ。

「そもそも、俺が要注意人物だと思っている沙藤と肩を並べてしゃべっているし。俺が沙藤に対してどれだけ妬いたと思っているんだ？　それに、奈緒子から返事がなければ凹む」

ガックリと肩を落とす佐藤さんに、私は目を見開いた。

「もしかして、手帳を持って行ったとき……佐藤さんがあんなに荒れて沙藤先輩に近づくなって言った理由って……嫉妬なんですか？」

「っ！」

一気に佐藤さんの顔が真っ赤になる。

視線を泳がせる彼が可愛くて、私はギュッと抱き締め返す。

「電話に出なかったのはごめんなさい。沙藤先輩から色々なことを聞かされて、動揺していたんです。でも、沙藤先輩が要注意人物って……そういえば、佐藤さん。沙藤先輩の顧客を横取りしたって本当ですか？」

私の質問に、彼はハァーと大きくため息をついた。

「俺がそんなセコいマネすると思っているのか？　するわけないだろう。常務の娘のことも、顧客のことも、沙藤がついた嘘だ。俺にしてみれば、逆恨みもいいとこ。大迷惑だ」

「逆恨み……？」

「ああ。沙藤のミスを俺がフォローしているうちに、上司から担当替えを言い渡されたんだ」

「そうだったんですか……」

「沙藤が顧客のこと、そして出向させられたことを根に持っているのはわかっていた。だからこそ、奈緒子に危害を加えるかもしれないって気が気じゃなかったんだ……。まぁ、そのぉ、妬いたのも本当だ。俺のことを目の敵にしている男と彼女が親しげに話していれば、妬くだろう？」

「っ！」

「沙藤に奈緒子を取られるかと思って、苦しくなったんだよ」

これ以上言わせるな、と佐藤さんはそっぽを向いた。

そして、彼は恥ずかしそうに咳払いをしたあと、私の顔を覗き込んできた。

首まで真っ赤になっている様子を見て、胸がキュンとする。

「これでもまだ信じられないようなら、証明してやろうか？」

「信じていますけど……どうやって証明するんですか？」

僅かに首を傾げていると、佐藤さんは口角をクイッと上げる。

「今から奈緒子の実家に電話をしてくれ」

「実家ですか？　え？　どうして？」

佐藤さんの意図がわからない。眉間に皺を寄せて首を捻るが、彼はすごい剣幕で再度言った。

「いいから電話してくれ。今すぐに」

迫力ある表情で押し切られてしまえば、電話をせざるを得ない。

数回のコールのあと、『もしもし、吉岡でございます』というお母さんの声が聞こえる。

「あ、お母さん？　私、奈緒子」

『あら？　奈緒子。どうしたの？　そういえば、お姉ちゃんにお土産もらった？』

「えっと、うん……まだかな？」

佐藤さんに告白された日以降、姉夫婦とはタイミングが合わなくて会えていない。

ただ、お姉ちゃんからは『腐るものじゃないから、また後日ね～』というメッセージとともに、猫がニヤニヤしているスタンプが届いた。

次に会うときには佐藤さんとのことを根掘り葉掘り聞かれそうで、あまり気が進まないのも事実だ。

思わず歯切れが悪くなる私だったが、お母さんは特に気にした様子もなくあれこれと話し始めた。

「うんうん」と頷いていると、急に佐藤さんに携帯を取られてしまった。

慌てたなんてものじゃない。そのままお母さんと話し出したからだ。

「こんばんは。突然すみません。私、奈緒子さんとお付き合いさせていただいている、佐藤亮哉と申します」

佐藤さんの手から携帯を取り返そうとしたが、彼は真剣な顔をして首を横に振った。

〝静かに〟ということなのだろう。私はグッと押し黙り、彼の声に耳を傾ける。

静かな部屋にはお母さんの慌てた声が微かに聞こえた。いきなりのことだから、ビックリするのも当然だろう。

「奈緒子さんとのお付き合いを認めていただきたいと思い、お電話いたしました」

電話の佐藤さん、本領発揮といった感じだ。

フェロモンダダ漏れで紳士的な彼の声に、思わず私はうっとりしてしまう。

「……はい、ありがとうございます。奈緒子さんのこと、大事にいたします。今度、改めて奈緒子さんとご挨拶に伺わせていただきます。……はい、失礼します」

会話を終え、佐藤さんは電話を切ってしまった。

そして、私に携帯を差し出してくる。

「これで信用してくれたか？」

佐藤さんを見つめると、私のことをまっすぐに見つめ返してくれる。その瞳に嘘は一つも見えない。

まさか、私の親に付き合っていることを宣言してくれるとは思っていなかった。

親に挨拶するなんて、それなりの覚悟がなければできないことだろう。

彼の本気を見せられて、ドクドクと心臓が高鳴ってしまう。

（ありがとう、佐藤さん。すごく大事にしてもらえて、嬉しい）

私は彼に抱きついて何度も頷いた。

＊　＊　＊

佐藤さんへの誤解が解けた三日後の仕事終わり、午後七時。

私は、彼に指定されていたお店の扉を開いた。

「いらっしゃいませ」

「あの、吉岡といいますが……」

「お待ちしておりました。どうぞ、こちらへ」

そこは和食のお店だった。とはいえ、格式が高すぎる感じではなくアットホームな雰囲気だ。

私は臆することもなく、案内された個室のふすまを開く。

すると、そこには佐藤さん、項垂れて肩を落としている沙藤先輩、そしてにこやかな笑顔で人の良さそうな男性が座っていた。

私は三人に会釈をしたあと、見知らぬ男性を見つめる。

その男性は、三十代くらいで佐藤さんより少し年上だろうか。佐藤さんとは違った、大人の色気を感じる人だ。

男性は私と視線が合うと、柔らかな笑みを浮かべた。

「初めまして、佐藤くんのお嫁さん」

「お、お、お嫁……さん!?」

一気に顔が熱くなった。佐藤さんのお嫁さんだなんて、どうしてそんな誤解をしているのだろうか、この人は。

慌てふためく私を見て、男性は首を傾げる。

「あれ？　気が早かったかな、佐藤くん」

話を振られた佐藤さんは否定するかと思ったのに、さらにとんでもないことを言い出した。

「そうですね、気が早いです。まだ、プロポーズしていませんから」

「ああ、そうなんだ。でも、遅かれ早かれお嫁さんなわけだね」

「その通りです」

何食わぬ顔をしてシレッと言い切った佐藤さんを見て、私は驚きのあまり卒倒しそうになった。

パクパクと口を動かすだけで声を出すことができない私に、佐藤さんは静かにほほ笑む。

「座れば？」

「う、う……は、はい」

しどろもどろで頷いたあと、佐藤さんの隣に座る。

私が席についたのを確認してから、男性が名刺を差し出してきた。

「初めまして、僕はこういう者です」

「増田（ますだ）さん……AMBコーポレーション、商品管理部の課長さんですか」

商品管理部という名前に聞き覚えがあると思ったら、今度佐藤さんが就くポストだ。

食い入るように名刺を見つめていると、増田さんはフフッと訳知り顔で笑った。

「そう。佐藤くんが今度就く予定のポストなんだ。僕は、部長に昇進予定」

「すごいですね……おめでとうございます」

この若さで部長職につけるなんて、よほどのことがない限り難しいだろう。

感心して増田さんを見つめていると、彼は本当に楽しそうに笑っている。

「まぁ、うちの上層部は血縁が色濃く出ているからね」

「え？」

驚いて隣に座っている佐藤さんに視線を向けると、苦笑しながら教えてくれた。

「増田さんは、常務の息子。だけど、この人はコネで上に行くわけじゃない。実力だ」

私は、「佐藤くん、褒めすぎだよ」なんて冗談交じりで笑っている増田さんを見る。

「常務の……息子さん」

ＡＭＢコーポレーションの常務、その言葉はつい最近も耳にした。

佐藤さんを狙っている女性というのが、常務の娘さんだったはずだ。

となれば、その女性というのは増田さんの家族ということなのだろう。

増田さんは佐藤さんから事情を聞いているらしく、隣で居づらそうに肩をすぼめている沙藤先輩を見る。

「この男に何か言われたようだけど、全部嘘だからね。安心して、佐藤くんのお嫁さん」

「えっと、その……お嫁さんじゃないです。吉岡といいます」

ペコリと頭を下げると、増田さんはニマニマと佐藤さんと私を見比べて言った。

「いいのかなぁ、吉岡さん」

「え？」

「佐藤くんがものすごく怖い顔しているよ？　お嫁さんじゃないなんて否定するから。彼、傷ついちゃったかもよ？」

「えっと、だって、私……」

正直、「佐藤さんのお嫁さん」なんて言われて浮かれてないわけじゃない。だけど、今は彼のお嫁さんじゃないのだから、否定はするべきだし……

慌てふためいている私と、ニマニマと笑う増田さんを見て、佐藤さんは深く息を吐く。

「増田さん」

佐藤さんが咎めるように名前を呼ぶと、増田さんは「了解」と軽く手を挙げた。

「さてと、沙藤くん……ああ、もう。二人とも〝さとう〟だから紛らわしいなぁ」

確かに増田さんの言う通り紛らわしい。苦笑しつつ頷くと、増田さんは自分の隣に座っている沙藤先輩を指さす。

「こっちの沙藤くんが、うちのバカ妹と結託していたようでね……ああ、沙藤くん。安心したまえ。君は早いうちに元の出向先へ戻してあげるから」

「そ、そんな！　元はと言えば、佐藤さんが俺の顧客を！」

先ほどまで項垂れて静かにしていた沙藤先輩だが、急に顔を上げて目を剥いた。

佐藤さんを睨みつける沙藤先輩の目は、憎しみに溢れている。

固唾を呑んで行く末を見守っていると、佐藤さんが小さく息を吐き出した。

「よく現状を見てみろ、沙藤。なんでお前の得意先が担当替えを求めてきたのか。わかっていないのか？」

「なっ……」

「お前の傲慢な態度が原因だ。思い当たる節はないか？」

沙藤先輩は顔を歪めて俯き、震えている。怒りに、悲しみに、後悔に震えているのだろうか。

佐藤さんは、厳しい口調のまま続ける。

「お前の態度が悪いと何度もクレームがきた。そのたびに、部長からの指示で俺がお前の得意先にわびを入れ続けたんだ。結果、なんとか商談は成立したが、そのときに条件を出された」

「……」

「担当がお前じゃなくて、俺なら進めてもいいってな。だから、俺は仕事として引き受けたまで。お前がしっかりやっていれば、こんなことにはならなかった」

そこまで言われて、刃向かう気力が削がれたのだろう。沙藤先輩はガックリと肩を落とした。

追いうちをかけるように、増田さんが口を開く。

「あのね。佐藤くんとくっつけてくれたら昇進させてあげるとか言って、うちのバカ妹にそそのかされたみたいだけど、アイツに人事決定権はないから」

「そ、そんな……」

「それに、今回の佐藤くんの件以外でも、引っかき回してくれているようだね？　色々と報告は入っているよ？」

「それは――！」

「心当たりはあるようだね。出向先でもう一度鍛え直してもらいなさい」

増田さんが静かに怒っている。そんな彼を見た沙藤先輩は、絶望的な表情を浮かべた。

なんとか取り繕おうとする沙藤先輩に、増田さんは今までの穏やかさとは一転、鋭い声で言った。

「これ以上、バカなことをして失望させないでくれ」

「っ！」

沙藤先輩はヨロヨロと立ち上がると、何も言うことなく肩を落として部屋を出て行ってしまった。

やっと静かな雰囲気になり、増田さんが優しくほほ笑んでくれる。

「ごめんね、吉岡さん。うちの妹、佐藤くんのことが好きでさ。何度も玉砕（ぎょくさい）しているのに諦めきれないのかねぇ……でも、ちゃんと妹に伝えておくから安心して」

「え？」

「佐藤くんのお嫁さん相手に勝ち目はないよ、ってね」

それだけ言うと、増田さんが立ち上がった。

「じゃあ、あとはお二人で。今度ゆっくり二人のなれそめ聞かせてね」

「えっ!?」

ポンと音を立てるように顔を真っ赤にさせる私を見て、増田さんはウィンクをする。

「料理は二人分注文しておくから食べていって」

そう言うと楽しげに笑いながら、増田さんも部屋を出て行ってしまう。

タイミングを見計らったように、二人の前には御膳が運ばれてきた。

安心したら、急にお腹が空いてくる。

佐藤さんと目を見合わせてほほ笑み合ったあと、ありがたくいただくことにした。

そして食事も終わった頃、佐藤さんが突然宣言をする。

「さて。俺に対しての疑いも完全に晴れただろうし、沙藤のこともケリがついた。今週末にでも引っ越しをするぞ」

「ん？　え？」

意味がわからず、眉間に皺を寄せる。

すると、そこに佐藤さんの長くてキレイな指が触れた。

「もう、お前を心配させたりしないから。ずっと、俺の傍で笑っていろ」

「さ、佐藤……さん？」

気が動転しながらも、佐藤さんの言葉が嬉しくて胸がキュンと高鳴った。

けれど、ついついニヤけてしまう私とは反対に、彼の表情は面白くなさそうに歪んだ。

「〝さとう〟って奈緒子が言うと、さんずいの沙藤のことを思い出すから止めてくれ」

確かにそうかもしれない。ややこしいなぁとは、私も思っていたのだ。

「じゃあどうすればいいですか？」

「名前で呼べよ」

「う……」

それはいきなりハードルが高すぎやしないだろうか。

戸惑う私に、彼は意味ありげに口角を上げた。

「俺を疑っていたこと、それですべてチャラにしてやるよ」

「ほ、本当ですか……？」

「ほら、言ってみろよ」

佐藤さんが耳元で囁く。

その声は、反則だと叫びたくなるほど艶っぽくて身悶えてしまう。

私は熱に浮かされたように彼の名前を呼んだ。

「亮哉さん……」

「っ！」

佐藤さん――亮哉さんが一瞬息を呑む。

すると、突然彼が立ち上がった。驚いて見上げると、私に向かって手を差し出してくる。

「悪い、奈緒子。我慢できない」

「え？」

「お前が欲しい……今すぐ」

少し掠れた声は、亮哉さんの切羽詰まった感情を表している。

そんな声を聞いて、私の胸は大きく高鳴った。

情熱的な目で私を見つめ、私が欲しいと言っている亮哉さんは、色気ダダ漏れでセクシーだ。

熱に浮かされたまま彼の手を取ると、グイッと引っ張られ、彼の腕の中に導かれた。

――可愛がってやるから、覚悟しろよ。

低く、掠れた声で誘われ、私は頷いた。

あのあと、私は亮哉さんのマンションに連れ込まれた。

そして今は猛獣に捕らわれている最中だ。

ただ、この猛獣さんは、手つきがとても優しくて厭らしくて……私はひっきりなしに甘い声を零してしまう。

「やっあ……りょ…や、さんっ」

「今の声、すげぇ可愛い。もっと声出して？」

すでに亮哉さんに身ぐるみ剥がされた私は、ベッドの上で淫らに乱れまくっている。

それなのに、これ以上声を出してなんてお願いされても無理だ。

首を横に振ると、亮哉さんの口元がクイッと上がる。これは危険フラグかもしれない。

私は這って猛獣になった亮哉さんから逃げようとするが、そのまま腰を掴まれてしまった。

「奈緒子は、本当わかってないよなぁ」

そう言って、彼はクスクスと声を出して笑う。その笑い方はなんだか艶っぽくて、身体が感じてしまう。

しかし、そんな悠長なことを言っている場合じゃなかったと、あとになって思い知る。

「そこがまた、可愛いんだけど」

「へ？　ひぁあんんんっ!!」

お尻を掴まれ、すでに蜜が滴っている場所を舐められたのだ。腰が震え、手に力が入らなくなってしまう。

意図せずお尻を突き上げるような体勢になってしまったので、慌てて寝転がろうとしたのだが遅かった。

亮哉さんにガッシリとお尻を掴まれ、より突き出すような形にさせられる。

そしてピチャピチャと子猫がミルクを飲むように、何度も何度も蜜を舐められた。

太ももに垂れ落ちてきたのは、彼の唾液か、それとも——

考えるのはよそう。恥ずかしさが増してしまうだけだから。

羞恥心と闘っている私に、亮哉さんは厭らしいことばかり言う。

それがまた、セクシーボイスで囁かれるから、キュンと下腹部が疼いてしまうのだ。

「奈緒子のここ。気持ちがいいってヒクついている」

「っやぁ……そこで、しゃべらないでぇ！」

懇願したのに、亮哉さんはわざと蜜がたっぷり滴っている秘所に息を吹きかけてくる。

手でお尻を撫で回しながら、舌は私の秘所を舐めていく。

一枚一枚襞をめくり、中にある蕾を探し当てると、転がすように舐め始めた。

それが気持ちよくて、私は何度も身体を震わせる。

「ぅああ……ふぁ」

甘ったるく鳴きすぎて呼吸が荒くなる。ただただ、彼から与えられる甘い攻めに耐えるしかない。

(身体が蕩けてしまいそう……)

甘美な刺激にうっとりとしているときだった。

これだけでは済まないとばかりに、亮哉さんの指が蜜壺に入り込んできたのだ。

「ふぁあああ!!」

急に訪れた快感の波に、私は大きな声を上げた。

彼が指を出し入れするたびにクチュクチュと卑猥な音を立て、太ももに蜜が垂れてきた。

ツゥーと伝う蜜の感触だけで、敏感に反応してしまって腰が震える。

彼の指は、私のいいところを何度も擦るように触れてきた。すると目の前がチカチカと火花が散ったように赤くなる。

思わず腰を揺らしてしまうと、もっと敏感な場所に指が当たってしまった。

「ダメ……ぅもぉ、ダメだってばぁ……っああ!」

泣きごとを漏らした瞬間、甘い吐息とともにプシュッと水しぶきが散った。

恥ずかしい。私の身体、一体どうしちゃったのだろうか。

ブルッと快楽に震えると、亮哉さんはやっと蜜壺から指を抜き出してくれた。

だが、その動きだけでまた感じてしまい、甘い声が零(こぼ)れてしまう。

彼にはすべてお見通しのようで、クスクスと声を出して笑っている。

「そんな可愛いこと言うと、もっとしたくなるな」

「鬼、悪魔‼　亮哉さんの鬼畜！」

両手脚をベッドにつけたまま亮哉さんを振りかえる。そこで、見てはいけないものを見てしまった。

彼は、口元についてしまった私の蜜を手の甲で拭(ぬぐ)い、そして、拭(ぬぐ)いきれなかった蜜を舌でペロリと舐めていたのだ。

その仕草一つ一つが淫らで、目が泳いでしまう。

恥ずかしくて視線を逸らすと、彼はクックッと笑った。

「なんとでも。奈緒子を可愛がることができるのなら、なんと言われてもかまわないな」

「な、な、な……‼」

驚きすぎて何も言えなくなった私の唇に、亮哉さんの唇が触れた。

そのまま深く、何度も何度もキスをされる。角度を変えて、もう一度。舌と舌を絡めて、もっともっと……

身も心もすっかり蕩けてしまった私は、ただ彼の熱に浮かされるだけだ。

その間にすでに準備を済ませた彼のいきり立った自身が、私の秘所を擦り始めた。

「っふっ……はぁっんん」

硬く熱いそれは、蜜にまみれた蕾も刺激する。

ヌルヌルと滑りがいい蕾を、何度も亮哉さんの雄々しいモノで擦られて、涙が出てしまうほど気持ちがいい。

それなのに、私の身体はもっと強い刺激を求めていた。

少し前まではヴァージンだったのに、彼の手で確実に女に変えられてしまった。

（もっとしてほしい。ナカに入れてほしい……）

そうお願いできたらどれだけいいだろう。だけど、私の口からは甘い吐息しか出てこなかった。

代わりにおねだりしているみたいに、腰が揺れてしまう。

恥ずかしくて頬が熱くなる。

「奈緒子……俺が欲しいか？」

思わず息を呑んだ。

私のナカが彼でいっぱいになる。想像しただけで堪らない。

「欲しい……亮哉さんが、欲しい」

「奈緒子」

「欲しくて堪らないの……！」

恥も外聞もなくなっていた私は、欲求に正直だ。

お尻を上げげた状態で、後ろにいる亮哉さんを見つめる。

『欲しい』

そう唇で伝えると、彼の目が野獣のように変わった。

「あああぁっ!!」

一気に亮哉さんが入ってきた。そして、私のナカを堪能するように何度も何度も腰を回し、擦りつけていく。

どこを刺激されても気持ちがいい。愛されているという実感が、私を幸せな気持ちにさせる。

彼が動くたびに、そして私が腰を揺らすたびに蜜音が響く。

甘ったるい鳴き声と荒々しい呼吸は、私と亮哉さんが愛し合っている証拠だ。

「くっ……奈緒子、相変わらずキツい、な」

「そ、そんなこと……言ったって！　つやあぁんん」

グググッと最奥を刺激され、思わず嬌声が出てしまう。

すでに私の身体は蕩けまくっている。だけど、亮哉さんが時折零す甘い吐息を聞くと、胸と子宮がキュンと切なく鳴いてしまう。

また締め付けてしまったみたいで、彼はそれに負けじとパンパンと音を立てて腰を押しつけてくる。

「あぁぁ……ふぅぁ……んん！」

「奈緒子……奈緒っ」

「もう、ダメ！　ダメ、ダメったらぁ……気持ちよすぎるの」

素直な気持ちを言うと、亮哉さんの腰の動きが速まった。

彼の指は乳房の頂を刺激して、いきり立ったモノは私の一番奥を目指していく。

甘すぎる刺激は、私の意識さえも弾けさせる。

「ふぁ……んん！　ああ……ぅあああぁ!!」

「っ！」

ビクビクと震えながら達したすぐあと、亮哉さんが私のナカで白濁したものを吐き出したのがわかった。

乱れた呼吸を整えている間に、彼自身が出ていく。

その刺激にまた身体を震わせていると、亮哉さんはギュッと私を抱き締めてくれた。

「奈緒子は、もう俺の女だからな」

「亮哉さん」

「よそ見は許さないぞ？」

「よそ見なんてしないし、していません！」

反論すると、亮哉さんは屈託なくほほ笑んでいる。その表情は、年上の男性とは思えないほどキュートで、母性本能をくすぐられた。

亮哉さんは、私を惑わせることに長けていると思う。

翻弄されっぱなしの私の顔を、彼は覗き込んできた。

「なんて、束縛したら嫌われるか？」

困ったように眉を下げる彼は、めちゃくちゃ可愛い。

こんな人だから、なんでも許してあげたいなんて気持ちになるのだ。

ギュッと抱き締め返して、真っ赤になっている彼に言った。

「ふふ。私が束縛しちゃいますから。心配いりませんよ？」

チュッと音を立てて彼の頬にキスをすると、何故だか私の視線は天井を向いていた。

（あれ、どうしてこんなことに？）

私が目をパチパチと瞬かせていると、さっきまでの可愛らしさはどこへ行ったのか、再び猛獣と化した亮哉さんは不敵に笑った。

「じゃあ、奈緒子にもっと愛してもらおうか」

「えっと、あの……亮哉さん?」

亮哉さんは、使用済みのゴムの処理をしてから新しいゴムのパッケージを破き、いきり立っている自身に付け始めた。

どうして再びゴムを付けているのだろう。

いや、それよりもっと驚くべきことは、最初のときよりも彼のモノがいきり立っているということだ。

恥ずかしいのに、思わずその一点ばかりを見てしまう。

息を呑んでいる私に、彼は相好(そうごう)を崩して笑った。

「どうした? 奈緒子」

「その……するんですか?」

色々考えたのだが、結局ストレートに聞くことになってしまった。

間髪(かんはつ)を容(い)れず、準備万端の亮哉さんが覆い被さってくる。

「する」

「即答ですか!」

恥じらうこともなく宣言した彼に、何故か私の方が恥ずかしくなってしまった。

そしてそのまま、亮哉さんの淫らな視線で見下ろされると、胸が破裂しそうなほどドキドキしてしまう。

「奈緒子……しよ？」

「っ！」

「したい。奈緒子を抱き締めたい」

そんな悩殺ボイスで囁(ささや)かれたら、「もう、無理」なんて言えなくなってしまう。

ドキドキしたまま亮哉さんを見つめていると、彼の手は私の頬を包み込むように触れてきた。

「もっと、奈緒子を感じたい。ダメか？」

「亮哉……さ、ん？」

「俺をその気にさせたのは、お前だぞ？」

「わ、私ですか？」

「なんだ、無意識に煽ったのか？」

「私、亮哉さんを煽ったつもりはないですよ？」

正直に答えると、彼は目尻を下げてフッと笑った。

「お前にそのつもりがなくても、俺は煽られた」

「な、なんですか！　それは！」

「責任取れよ」

亮哉さんは私の耳元で囁(ささや)いた。

その声は、たぶん今までで一番色気たっぷりだったと思う。

私は、その〝お願い〟に小さく頷くと、彼の首に腕を回した。

亮哉さんにほほ笑んで、チュッと小さく音を立てて唇にキスをする。

今まで恋愛経験がなく、セックスの経験値もない私だけど、やられっぱなしは性に合わない。

亮哉さんは煽られたなんて言うけど、私だって彼に煽られまくっているのだ。

少しぐらいはお返ししなくちゃ、と茶目っ気たっぷりに笑ったのだが、それが彼の官能に火を灯してしまうなんて思わなかった。

「そのキスは、理性を壊して好きなだけ奈緒子を貪っていいっていう合図だよな？」

「え？　私、そんなことは一言……もっ……ふぅんん」

反論しようとしたのに、亮哉さんの甘すぎる口づけのせいでかき消されてしまう。

甘やかなキスは、私の身体にもすぐに官能の火を灯してしまった。

亮哉さんの舌が口内に入り込んでくるのと同時に、彼の大きな手のひらは私の胸を揉みしだく。

形を変えながら揉まれ、先ほどの愛撫で敏感になっている頂をキュッと摘まれる。

気持ちいい。思わず何度も声に出して言ってしまった。

そのたびに、亮哉さんが嬉しそうに目尻に皺を寄せる。その笑顔が見たくて、私は思ったことをすべて言葉に紡いだ。

「亮哉さん、好きっ……！」

「だから、そんなに煽るな」

「煽ってなんか……ぁあああ！」

亮哉さんが私の膝裏に手を入れ、大きく開いた。

そして、すでにトロトロに蕩けている秘所を何度も何度も舐め上げられる。

ピチャピチャと音を立てて舐める彼の頭に、気持ちよすぎて震える手で触れた。

そして、指に髪を絡め、何度も甘く切なく鳴く。

舌だけで何度もイカされたのに、まだ足りない。もっともっと奥に欲しい。亮哉さんの熱を身体中で感じたい。

私は、彼に懇願した。だって、お願いしないと彼は欲しいものをくれないのだから。

「お願い、亮哉……さん！」

「奈緒子」

「亮哉さんが、欲しいっ……！　あああぁ！」

グッと一気に亮哉さんが入ってくる。入れただけなのに、ビクッビクッと身体が震えた。

ナカにいる彼自身を締め付けたのがわかって、恥ずかしくなる。

入れただけでイッたとわかっているはずなのに、彼は容赦なく最奥を突いてきた。

「ダ、ダメ！　今は……っはあ……ぅあああ」

「何度もイけばいい」

「ああ、ダメっ」

今の私は、亮哉さんの色っぽい声を聞いただけでイッてしまいそうだ。

パンパンと身体と身体がぶつかる音、グチュグチュと彼が動くたびに聞こえる蜜の音。

それらの音が速くなっていくと同時に、私の身体は素直に高みへと上っていく。

「やぁ……も……っあああぁ！」

「っ！」

亮哉さんが吐息混じりの色っぽい声を上げた瞬間、私は身体を弓なりにして震わせたのだった。


翌日の土曜日。二人で甘い雰囲気を楽しみながらまったりしていると、幸せすぎて頬が緩（ゆる）んでしまった。

私は亮哉さんの膝の間に座り込み、ゆっくりとコーヒーを口にする。一方の彼は、昨夜から携帯を見ていないということでメールの確認をしていた。

どうやら私のお義兄(にい)さん――亮哉さんにとっては友人である――から連絡があったようだ。

「ああ。昨晩電話くれたみたいだな。留守電が入(つ)っていた」

昨夜、私たちは甘い時間にどっぷりと浸(つ)かっていたため、電話に気がつかなかったようだ。

お互い夢中になりすぎていたことが恥ずかしくて、顔が熱くなる。

熱くなった顔をパタパタとあおぎながら、私はコホンと一つ咳払いをした。

「で……お義兄(にい)さんはなんて？」

「ああ。新婚旅行のお土産(みやげ)を渡したいから、今日よかったら家に来いって」

「ああ、そうか」

近々、私も行かなくちゃなぁと考えていると、彼が続きを告げた。

「で、奈緒子も一緒においでって。どうせ、一緒にいるんだろう？　ってさ」

「ブッ――！」

思わずコーヒーを噴き出してしまい、彼は慌てて近くにあったボックスティッシュを差し出してくれた。それをありがたく受け取り、零(こぼ)してしまったコーヒーを拭く。

だが、心中は穏やかではいられない。

慌てふためいている私とは対照的に、亮哉さんは冷静だ。

「どうして慌てないんですか?」

そう問うと、彼はコーヒーを一口飲んで言った。

「まぁ、わかっていたんじゃないか?」

「わ、わかっていたって」

「奈緒子のお母さん経由で俺たちのことが伝わっていた可能性が高いしな」

「た、確かに!」

すっかり忘れていたが、考えてみれば亮哉さんはお母さんに電話をして「付き合っています」と宣言している。

お母さん経由で姉夫婦にこのことが伝わっていれば……確かに私たちが付き合いだしたということを知っているだろう。

納得しつつも、この現状に恥ずかしさが込みあげてくる。

これは近々お姉ちゃんにからかわれること、間違いなしだ。

深く息を吐き出していると、亮哉さんはフフッと声を出して笑った。

「もし、奈緒子のお母さんから聞いていなかったとしても、アイツらは俺の性格をよく把握してるしな」

「へ?」

首を傾げる私の耳に、亮哉さんはチュッと音を立ててキスをしてくる。

「俺が、目標達成のためにはがむしゃらになるってこと知っているからな。奈緒子とこうなることは予想していたはずだ」

亮哉さんは立ち上がると、私に手を差し出した。

「今からアイツらのマンションに行こうか」

「ほ、本当に、二人で行くんですか⁉」

そんなの拷問に近い。絶対に姉夫婦にからかわれて遊ばれるだろう。

「私はまた別の日に行きますから」

そう言って逃げようとしたのだが、ガッシリと腕を掴まれてしまい逃げ出すことができない。

「お姉ちゃんとお義兄さんにからかわれるからイヤです！」

「フッ。そんなの上等じゃないか」

「いやですよー！　身内に弄られるのって絶対に恥ずかしいと思うんです。亮哉さんだって、ご兄弟に弄られたら絶対に恥ずかしいはずです！」

断固拒否の姿勢を貫く私に、亮哉さんは言う。

「俺だっていずれアイツらとは身内になるんだから、お前と一緒」

「え？」

目を見開いて亮哉さんを見つめる。彼の顔は真っ赤だ。耳まで真っ赤で、恥ずかしがっているのがわかる。

それが可愛くて、私は少しだけ意地悪なことを言ってみた。

「こんなところで恥ずかしがっていたら、お姉ちゃんにコテンパンにされちゃいますよ？」

「望むところだ」

ますます真っ赤になる亮哉さんの指に、自分の指を絡ませる。そして、少し背伸びをして彼の耳元で囁いた。

「しょうがないから、私が亮哉さんを助けてあげますよ」

クスクス笑いながら言うと、彼は私のつむじに唇を寄せてきた。

「バカ。アイツらに負けてばかりいるわけないだろう？」

「おや、何か秘策でもありますか？　教えてください」

そう言って耳を近づけたのだが、亮哉さんはなかなか教えてくれない。

だけど、その代わりに……頬に優しい口づけが落ちてきたのだった。

プライベートの佐藤さんに
一途な恋しています！

佐藤さんの名古屋への転勤話や、常務の娘さんが彼を狙っているとか……色々なことがあった、ひと月後。

「もう！　佐藤さん。私は今、必死にボスキャラと格闘しているんですよ！」

「知っている」

「なのに、なんですか！　その手は」

「ん？　どの手？」

「その手です！　ちょ、ちょっと……っあぁん」

今は佐藤さんのお宅でまったりと休日の昼を過ごしているところだ。

普段ゲームを全くといっていいほどやらない私だが、今日は佐藤さんに付き合ってやり始めた。

だけど、私がゲームにのめり込みすぎたのが面白くなかったのだろう。佐藤さんは、先ほどから私にちょっかいを出してくる。

最初は「もう！」と怒った声を出していれば大人しくしていたが、段々と彼の手が厭らしく動き始めたのだ。

Ｔシャツの中に手を入れられ、気がつけばブラジャーのホックが取られてしまった。

なんという早業！

驚く暇もなく、佐藤さんの手は乳房の柔らかさを確かめるように、下からすくい上げて弄ってきた。

時折彼の指が頂に触れるから、思わず声が出てしまう。たぶん意図的に触れているのだろう。

「もうっ……！　佐藤さんが私にゲームを勧めてきたんですよ。それなのに邪魔するなんてひどいです」

「……」

「聞いています？」

眉を上げて佐藤さんの顔を睨むと、彼の唇が私のおでこに触れた。

柔らかい感触と、チュッと控えめなノイズが残る。

不意打ちのキスに、私の顔はボンッという音が聞こえてもおかしくないほど真っ赤になった。

唖然としていると、今度は頬にキスをしてくる。

そして、彼は私の耳元で、低くセクシーな声でつまらなそうに呟く。

「ゲームを奈緒子に勧めたのは確かに俺だけど、たまには俺の方も見ろよ」

「っ！」

佐藤さんの発言はなんだかとても可愛らしくて、思わずからかいたくなってしまう。

「ゲームにヤキモチですか？　佐藤さん」

「……」

久々に優位に立つことができて満足していた私だったが、すぐに形勢逆転される。

「そうだ。悪いか？」

「っ！」

佐藤さんは時々、私の胸をズキュンと撃ち抜くようなことを、軽々と言ってのけるのだ。

息を呑んでいると、彼は私の顔を覗き込んできた。

「お前の目に映るもの、すべてにヤキモチ焼いている」

もう、何も言えない。だって、佐藤さんの目と声は真剣そのものだから。

あたふたとしている私を、彼は魅惑的な表情で見つめてきた。

「だから奈緒子のこと、独り占めしたいといつも思っている」

佐藤さんは私をソファーに押し倒し、Tシャツとブラジャーをまくり上げた。

恥ずかしさで身悶えていると、彼は胸にかぶりついてくる。

甘噛みをされて、すでにツンと硬くなっている頂を舌で転がされるたびに、ビクビクッと身体を震わせてしまう。

淫らな刺激で涙目になり、少しぼやけた視界で天井を仰ぐ。

そのときになってやっと気がついた。今はまだ陽も高い位置にある。

シーリングライトを付けなくても、レースのカーテンからすける光だけで、部屋の中は十分明るい。

露わになった胸が佐藤さんの目にバッチリと映っているはずだ。恥ずかしすぎる。

慌てて腕で胸を隠そうとしたが、彼の動きの方が速かった。

私の両手首は頭の上辺りで掴まれ、胸を隠すことができないどころか、身動きすらとれない。

「ちょ、ちょっと！　佐藤さん」

「もっと見せろ」

「恥ずかしいですってば。今、何時だと思っているんですか？」

「昼の二時」

「わかっているなら止めて！」

そう制止する私に、彼は不思議そうな顔で覆い被さってきた。

「なんで恥ずかしい？」

「な、なんでって」

わかっていてこの質問。真剣な面持ちではいるのだが、佐藤さんの目はどこか楽しそうに笑っている。なんて人が悪いのだろう。

プイッと視線を逸らすと、露わになった首筋に彼の唇が触れた。

「っふぁ……!!」

油断大敵。そんな四字熟語が脳裏を駆け巡る。

下から上へと、彼の舌が私の首筋を辿っていく。

そのたびに甘い吐息を零してしまう。手で口を押さえたいのに、未だに手首を掴まれていて、それさえもできない。

「も、もうっ……佐藤さんってば」

「堪んないな。奈緒子、可愛い」

そんなことを言われたら、ゾクリと下腹部が淫らに反応してしまう。

私に言わせれば、佐藤さんの方こそ〝堪らない〟だ。

佐藤さんボイスのファンとしては、今の囁きなんて身悶えてしまうほどいい。

彼は知らないのだ。自分の声がどれほど私を翻弄させ、身悶えさせ、うっとりさせているのかを。

強靭な武器に打ちのめされた私は、為す術なしといった感じだ。

だからせめてと、抗議の意味を込めて真っ正面から彼を見つめた。

だがすぐに、彼のキス攻撃に白旗を掲げる。

「フゥ……ん……ぁ」

チュチュッと軽い音を立てていたキスから、どんどん濃厚なキスへと変わっていく。

すでに抵抗する気持ちも、そして今が真っ昼間だということも、頭から抜け落ちてしまっていた。

佐藤さん、と甘えた声で囁くと、彼も私の名前を呼ぶ。

視線が絡み合い、そして蕩け合う。

何度もキスをして、身体を重ねて……そんなことをしていたら、気がつけば辺りは夕焼け色に染まっていた。

どれだけ夢中になっていたのだろう、と恥ずかしくなるほど時間を忘れて愛し合っていたようだ。

二人で抱き締め合いながら甘い余韻を楽しんでいると、突然佐藤さんが私に聞いてくる。

「で？　いつにするんだ？」

「……なんのことですか？」

私は首を傾げたのだが、佐藤さんはそんな私の態度が不服だったらしい。

眉を顰(ひそ)めてしかめっ面(つら)をしているが、なんのことだかわからないのだから仕方がないじゃないか。

ますます困って佐藤さんを見つめていると、彼は諦めたように小さく息を吐いて言った。

「引っ越し」

「引っ越し？」

「そう。俺のうちに来るって言っていただろう？」

「え⁉」

驚きすぎて大きな声を出してしまった。

彼は目を細めて、ジトッとした視線を向けてくる。

(これはまずい。機嫌を損(そこ)ねたかもしれない)

ヒヤヒヤしながらも、私は私なりに反論する。

「で、でも！　あれは、その……佐藤さんが名古屋に転勤になるって思っていたからで」

あの日のことはしっかり覚えている。

『常務の娘さんではなく私を連れて行ってほしい』と彼に訴えたときに『じゃあ、今すぐ俺のところに引っ越しをするか？』と言われたのだ。

結局佐藤さんは名古屋に転勤にはならず、今も本社で働いている。

そう、私たちは離れ離れになることを免れた。だから、このままの形で付き合っていくのだとばかり思っていたのだ。

こうしてお互いのマンションを行き来したり、近くの駅で待ち合わせをしてデートしたり。そんな、ごく普通のカップルのように佐藤さんとお付き合いしていく予定だったのだけど……

なので、こんなふうに佐藤さんに「いつ引っ越しをする？」と同棲を促されるなんて、正直考えてもいなかった。

慌てふためく私を、彼はますます不機嫌そうに見つめてくる。

「……奈緒子」

仏頂面で私を呼ぶ彼は、かなり怖い。

ひぃ、という叫び声を上げなかっただけでも褒めてほしいぐらいだ。

冷や汗がタラタラと垂れている私に、彼は顔をズイッと近づけてきた。

「俺からの要望は二つある」

「は、はい？」

思わず息を呑む。

「一つ目。俺は前に言ったはずだけど？」

「なんでしょうか？」

一体なんのことだろう。思い当たる節がない。

教えてもらおうと佐藤さんに目で訴えると、彼は拗ねた様子で呟いた。

「名字じゃなくて、名前で呼べって言っただろう？」

「あ……！」

ばつが悪くて、私は思わず視線を逸らした。だが、佐藤さんは身体を動かし、私に視線を合わせてくる。

逃げるなということだろう。

至近距離で私を見つめる彼の視線は、真剣そのものだ。

『沙藤と同じ呼び名だから名前で呼んでくれ』と、確かに彼は私に言った。

沙藤先輩の嘘を鵜呑みにしていた私に対して、佐藤さんが科した罰でもあったのだ。

あのときは、彼を疑ってしまった罪悪感があったから名前を呼ぶことができた。

だけど、わだかまりがなくなった今、「亮哉さん」と呼ぶのはかなりハードルが高い。

言葉に詰まっている私に対し、彼はもう一つの要望も突きつけてきた。

「二つ目。奈緒子はいつ俺のマンションに引っ越しをしてくるんだ？」

「えっと、その。だから、あの話は流れたとばかり……」

言葉を濁していると、佐藤さんはリビングの隣にある扉を指さす。

寝室の隣にあるその部屋は、物置き代わりに使っていると聞いたことがある。

この前見せてもらったときには、確かに荷物が散乱していた。

その部屋がどうしたというのだろう。

疑問に答えるように、彼は私を促し、その部屋の扉を開けた。

「う、うそ……」

本やキャンプ用具などが所狭しと置いてあったのに、今はガランとしていて殺風景な部屋になっている。

目を丸くして中を覗き込んでいると、佐藤さんはため息をついた。

「見ての通りだ。ここの部屋、奈緒子のために空けておいたんだけど？」

「……」

あのときの佐藤さんは本気だった、という証拠を見せつけられた気がする。

驚きのあまり固まっていると、彼はわざとらしく肩を竦めた。

「そうか。奈緒子の信頼を得るためには、あの手を使うしかないのか」

「あ、あ、あの手って？」

イヤな予感しかしない。思わずどもってしまう。

それとなく佐藤さんと距離を取ろうと後ずさるのだが、彼はジリジリと私に近づいてくる。

　気がつけば、部屋の隅まで追い込まれていた。威圧的な雰囲気の佐藤さんを見上げ、私は戦々恐々とする。

　顔を引き攣らせていると、彼は獲物をあと一刺しで仕留めることができる、とばかりにニヤリと笑った。

「まぁ、別に俺としては、この手を使っても全然問題はないんだけどな。遅かれ早かれそうなるんだし」

「どういうことですか……?」

　ますますわからない。だからこそ恐ろしい。恐ろしすぎる。

　怯える私に、彼はニッコリと笑った。満面の笑みはかえって凄みが増す。

「奈緒子」

「は、はいぃぃぃ!」

　ピシッと敬礼をしそうな勢いで背筋を伸ばすと、佐藤さんは私の携帯を指さした。

「電話して。奈緒子の実家に」

「は……?　え?　な、何故ですか!?」

　ひと月前にあった〝あの出来事〟を思い出す。

　佐藤さんの言葉を信じることができなかった私のために、『娘さんとお付き合いしています』とお母さんに電話をしてくれたことがあった。

あのときは本当に嬉しかったが、あとからお母さんだけではなくお姉ちゃんにまで、かなりからかわれてしまった。

まさか、まさか、まさか。再びうちの親に電話をするつもりなのだろうか。

「冗談ですよね？」と彼を見上げたが、キレイな笑顔で返される。

「冗談なわけないだろう？　結婚を前提に同棲を始めたいので、許可を出してくださいってお願いするつもりだ」

「っ！」

同棲までは予想ができたが、まさか「結婚を前提に」なんて言い出すとは思ってもいなかった。

（そこまでしっかり、私との未来を考えてくれていたなんて……）

佐藤さんの言葉にときめいていると、彼は私の鼻のてっぺんに唇を寄せてきた。

チュッと可愛らしい音が聞こえ、ハッと我に返る。

目を丸くしていると、彼がより近づいてきて、耳元で囁（ささや）いた。

「で？　どうする？」

「ど、ど、どうするとは？」

仰（の）け反った私の腰に手を回して力強く引き寄せ、彼は不敵に眉を上げる。

「今から奈緒子のお母さんにお願いしようか？」

「っ！」

私の耳に息を吹きかけながら、そんな戸惑うようなことを言わないでほしい。

真っ赤になってそうお願いすると、佐藤さんはやんちゃな表情で口角を上げげた。

「じゃあ、電話をするのは、引っ越し業者ってことでいいんだな？」

「なんか、うまく丸め込まれた気がしますけど……」

初めに無茶な提案をしておいて、そのあとにハードルを下げた案を提示する。交渉の常套(じょうとう)手段だ。

強引すぎるやり方にむくれていると、彼は困ったように目尻を下げる。

「仕方ないだろう？　俺だって必死なんだ」

「え？」

両頬に、佐藤さんの大きな手が触れる。

彼の熱に包み込まれる感覚は、何より嬉しい。

ジッと佐藤さんを見つめていると、彼も私を見つめ返して言う。

「奈緒子を誰にも渡したくないし、独占したい」

真っ赤になって呟く姿は、日頃男っぽくてセクシーな佐藤さんらしくない。

だけど、そのギャップがとっても可愛くて大好きだ。

そう思ったら、私は自分でも驚くほど早く承諾の返事をしていた。

「じゃあ……本当に佐藤さんのおうちに引っ越してきてもいいんですか？　あの、その……返品とかしないでくださいね？　住むところなくなってしまいますし」

指を弄りながらモジモジと恥ずかしがる私を、彼はギュッと抱き締めてくれる。

「俺から返品はしないから。俺としては奈緒子が逃げ出しそうで、それが怖い」

「そんなことしないですよ」

本気で心配している様子の佐藤さんを見て、おかしくなってきた。

天地がひっくり返っても、それだけはない。

トンと胸を叩いて自信満々の私に、彼は思い出したかのように不機嫌な表情に戻る。

「じゃあ、今度こそ俺のこと、名前で呼べよ？　奈緒子」

「う……それは、心の準備が……」

往生際悪く目を泳がせていると、彼が淫らな雰囲気に豹変した。

私の耳元で囁く声は、反則的にセクシーだ。誘われている——そんな気持ちになってしまう。

「この前、奈緒子を抱いたとき。俺のこと名前で呼んだよな？」

「ううっ」

「ってことは、だ。また奈緒子の身体を可愛がれば……俺の名前を呼んでくれるってことだよな？」

佐藤さんの顔は、ほほ笑んでいるけれど、目が笑っていない。真剣そのものだ。

彼にこのまま攻められたら、捕食されてしまう。

そんな危機感を覚えた私は、ついに降参した。

「わかりました！　これからはちゃんと名前で呼びます！」

涙目で宣言をすると、佐藤さん——亮哉さんはようやく機嫌を直して満面の笑みを浮かべた。

「じゃあ、早速引っ越し業者に電話するか！　奈緒子は、いつがいい？」

私に尻込みする暇を与えないつもりのようだ。これはもう、覚悟を決めた方がいいだろう。

そして、亮哉さんは早速引っ越し業者に依頼してしまった。本当に仕事が早い。早すぎる。

色々な感情がごちゃ混ぜで、半ばヤケになっていると、彼はフッと力を抜いてほほ笑んだ。

「奈緒子のこと、大事にするからな」

「っ！」

不意打ちの笑みと、殺し文句に目眩（めまい）がする。

（私、亮哉さんに一生勝てない気がする……）

まだ耳に残る声に、私は身体中を真っ赤にしたのだった。

＊　＊　＊

「んー！　これで荷物は全部運び込めたよね」

引っ越し日和とはこういう日のことを言うのだろう。そう納得してしまうほど、雲一つない青空が広がっている。

九月に入ってすぐの土曜日。私は亮哉さんのマンションに引っ越してきた。

もともと荷物は多い方じゃない。その上、彼の部屋には生活道具がすべて調っている状態だ。

私が今まで使っていた電化製品や家具は、大体がお姉ちゃんのお下がりで、かなり年季が入ったものばかり。

同じ物が二つあっても仕方がないということで、私が使っていたものは処分することにした。

すると、引っ越し業者に頼まなくてもよかったかも？　と思うほど荷物が少なくなったが、私一人ではさすがに無理だっただろうから結果オーライだ。

というのも、一緒に引っ越し作業をする予定だった亮哉さんに、急遽仕事が入ってしまったのである。

午前中には終わるということだったので、そろそろ戻ってくるはずだ。

それまでに、少しでも荷ほどきをしておきたい。

そんなことを思いつつ、引っ越し業者の人たちにお礼を言って部屋に戻ろうとした。

だが、すぐ隣の部屋がさわがしいことに気がついて足を止める。

開けっぱなしの扉からはガタガタと何かを運ぶ音が聞こえ、部屋の外には引っ越し用の段ボールが山積みになっていた。

どうやらお隣さんも今日このマンションに引っ越してきたようだ。

どんな人だろうと思っていると、扉から引っ越し業者が数名出てきて帰って行った。

ちょうどお隣さんも作業が終わったようだ。

次いで、部屋の中から人が出てくる。

(いい機会だから挨拶しちゃおう)

「初めまして。隣に越してきた吉岡――」

そう言いながら頭を下げている最中に、隣人になったばかりの人に突然抱き締められてしまった。

驚いてカチンと固まってしまった私に、その人は朗(ほが)らかに言う。

「わー！　めちゃくちゃ久しぶりだね。元気にしていた？」

「え？　え？」

ギュッとより強く抱き締められてしまい、顔を見ることができない。

今から「初めまして」と挨拶をしようと思っていたのに、どうしてこんなことになってしまったのか。

しばし呆然としていた私は、ハッと我に返る。

なんとかして、この人の腕から逃げなくては。

グググッと腕を突っ張り、離れようとしたそのとき。

外からも強い力が加わり、私はお隣さんの腕から解放された。

ホッとしたのもつかの間。私の腕を引っ張っている人物を見て顔が青ざめる。亮哉さんだった。

彼の顔はそりゃもう恐ろしいぐらいの怒りに満ちている。

私が慌てふためいているというのに、お隣さんはまだ諦めずに私に抱きつこうとしてきた。

「奈緒子！　本当に久しぶりだなぁ」

「え？」

改めてその声に意識を集中させると聞き覚えがあり、お隣さんの顔を見て気づく。

「もしかして……野沢くん!?」

「Ｗｏｗ！　やっと思い出してくれたんだね。嬉しいなぁ」

「さあ、再会の抱擁を！」と強引に私に抱きつこうとする彼を、亮哉さんが止めてくれた。

「奈緒子から離れろ！」

しかも亮哉さんは、野沢くんの胸ぐらを掴み、今にも殴りかかりそうな勢いだ。

私は慌てて彼の腕にしがみつく。

「待って、亮哉さん。この人、私の同級生です！」

「は……？」

野沢くんを掴んでいた手が緩まった。そのことにホッと胸を撫で下ろす。

唖然としたままの亮哉さんに、私が今わかる限りのことを伝える。

「えっと、どうやら隣の部屋に今日引っ越してきたみたいです」

「隣に!?」

目を丸くして驚きの声を上げる亮哉さんに、野沢くんはニッコリとほほ笑んだ。

「はい。隣に引っ越してきた野沢です。よろしくお願いします」

「は、はぁ……」

人懐っこい笑みを浮かべる野沢くんに毒気を抜かれた亮哉さんは、小さく会釈をした。

するとと、野沢くんはパッと花が咲いたように、キレイな笑みを浮かべる。

その笑顔は昔から変わっていないなぁと懐かしく思った。

野沢くんは、私の幼なじみだ。

小中高と同じ学校で、奇跡的にクラスもずっと一緒だったのである。これってすごいことだと思う。

大学は別々のところだったので、高校卒業後は会うこともなかった。だが、こんなふうに再会するなんて思ってもいなくて、ビックリしてしまう。

野沢くんは、イタリア人の父親と日本人の母親を持つハーフだ。

彼はイタリア人の血を色濃く引き継いでいて、瞳は色素が薄く、背は高くてがたいがいい。そして昔から愛情表現が過剰だ。

だからこそ、久しぶりの再会ということで、私を力一杯抱き締めてきたのだろう。

昔も今も、そういうところは変わっていないようだ。

相変わらずだなぁ、と肩を竦めていると、野沢くんは昔と同じようにスキンシップを取ってくる。

「奈緒子。久しぶりなんだから、もっと顔を見せて。これは運命だよね！　初恋の女の子に再会できるなんてさ」

「野沢くんは誰にでも同じこと言ってるでしょ？　そのセリフは聞き飽きたよ」

「嘘じゃあないよ」

「そんなこと言っ――――！」

グイッと顎を掴まれ、そのまま上に向けられる。そして野沢くんは顔を近づけてきた。

あまりに至近距離すぎて、身体が硬直してしまう。

その間に野沢くんはチュッと音を立て、頬に唇を落とした。

小さい頃ならいざ知らず、今はお互いに成人したのだから、過剰なスキンシップは遠慮してもらいたい。

彼にとっては挨拶代わりで誰にでもする行為だが、私にはしてほしくない。こういうことに慣れていないのだ。

そのことは昔から何度も野沢くんに言っていたのに、すっかり忘れてしまったのだろうか。

それに、今の私には恋人である亮哉さんがいる。

彼以外の男性にキスやハグをされたくないのだ。

そもそも、ここは日本で、私は純粋培養な日本人。挨拶でキスはできない。

心を鬼にしてガツンと言った方がいいだろう。私は野沢くんの手を振り払って睨みつけた。

「ちょっと！　野沢くん、いい加減にしてよ！」

「んー、相変わらず奈緒子は恥ずかしがり屋さんだね。挨拶のキスでそんなに目くじら立てちゃダメだよ？」

思わずガックリと項垂(うなだ)れる。そう、野沢くんは昔からこういったところがある。

私が注意をしても、ほんわかとした笑みで丸めこまれてしまうのだ。

それでも、と強気に出ようとすると、亮哉さんが野沢くんから遠ざけるように私を抱き締めてきた。

「野沢さんと言いましたか？　私、佐藤と言います。奈緒子の婚約者です」

「Ｗｏｗ～！」

わざとらしくオーバーリアクションをする野沢くんを、亮哉さんは一瞥(いちべつ)する。

「貴方は奈緒子と同級生かもしれませんが、今後このようなことをされては困ります」

「……」

「奈緒子に近づかないでください」

一瞬、野沢くんの目が悲しく曇ったように感じた。

陽気で、いつもニコニコしている彼らしくない表情だ。

とはいえ、社会人になって世間に揉まれていれば、多少の変化があってもおかしくはない。

そんなことを考えている間に、私は亮哉さんに促(うなが)されて部屋の中に入っていた。

そして、靴を脱ぐ間もなく抱き寄せられ、いつかのように壁に押しつけられる。

驚いて目を見開く私に、彼は無表情で近づいてきた。

「さて、奈緒子」

「ひぃ！」

思わず息を呑む。それほど亮哉さんが威圧的で恐ろしいオーラを纏っていたからだ。

後ずさりしたくても、私の背はすでに壁についている。

それに、私の脚の間には彼の脚が入り込んでいて、どうしたって逃げ出すことはできない。

亮哉さんが不機嫌な理由。それは聞かなくてもわかる。

原因はもちろん野沢くんだ。私を抱き締めたり、挨拶のキスをしてきたり、という行為を目の前で見れば面白くないだろう。

私が悪い訳じゃないが、ここは言い訳し倒すしかない。

鋭い視線を私に向けている彼に、必死になって弁明する。

「えっと、その……野沢くんだけどね。お父さんがイタリア人で、昔から愛情表現が激しいというか」

「……」

沈黙が痛い、そして怖い。

亮哉さんの顔は無表情だが、明らかに目が怒っている。

私はとにかく野沢くんという人間を理解してもらおうと、必死になって説明した。

「私だけじゃなくて、同級生なら誰もが熱烈なハグをされているの。だから、あまり気にしないでいただけると……」

「ね？」と同意を求めたが、目の前の亮哉さんは眉間に縦皺を寄せて、不機嫌そのものだ。

どう言えば彼の怒りを鎮めることができるだろうか。

必死になって考えていると、彼はやっと口を開いた。

「気にするなだと？　それは無理な話だな」

亮哉さんの膝が、私の股をググッと刺激してきた。

そんなことをしてくるなんて思っていなかった私は、ただただ目をまん丸にさせることしかできない。

彼はギラギラした目で、私を見下ろしている。

「考えてみろよ」

「え？」

「同級生だという女に俺がキスされているのを見て、奈緒子はどう思うんだ？」

「っ！」

ズクンと胸が痛んだ。

亮哉さんの言う通りだと思う。好きな人が他人にキスされていたり、抱き締められていたりするのを見て、傷つかないわけがない。

「イヤ……すっごくイヤ！」

亮哉さんの服をギュッと握り締め、彼を見上げた。

涙目で唇を噛みしめる。すると、その唇に亮哉さんの指が触れた。

「ダメだ。言っただろう？　奈緒子」

「え？」

「奈緒子の心も身体も俺のものだ。傷つけるのは許さない。それがたとえ奈緒子自身だとしてもな」

「亮哉……さん」

先ほどはツキンと胸が痛んだが、今度はキュンと嬉しくて鳴いた。

慌てて唇を噛むのを止めると、亮哉さんはどこか卑猥な表情を浮かべる。

なんだかイヤな予感がして離れようとするのだが、依然として私の脚の間には彼の脚が入り込んでいるので、身動きが取れない。

それどころか、彼の膝が敏感な場所を刺激し続けているせいで、思わず甘い声を出してしまいそうになる。

俯き加減で今の自分の状況を確認する。

Tシャツにスキニーパンツという、ピタッとしていて身体のラインが出ている装い。

だからこそ、亮哉さんの膝が触れるたびにダイレクトに感じてしまう。

声を抑えようと唇を噛むと、彼にまた怒られてしまった。

慌てて手で口を押さえたが、零れ落ちてしまう声は我慢できない。

野沢くんの一件は、私に隙があったせいでもあるので、怒られても仕方がないと思う。

だけど、こんなふうに玄関口で淫らな行為に及ぶのは止めてほしい。

扉を隔てた先に、もしかしたら誰か人がいるかもしれないのだ。

私の甘い吐息が外にいる人に聞こえてしまったら、恥ずかしくて表を歩けなくなる。

私は、「ここではちょっと……」と言葉を濁して亮哉さんを止めた。

だが、彼は私の言葉など意に介さず、ゆっくりとパンツ越しに蕾を刺激してくる。

決して強い刺激ではない。だけど、淫らな官能を呼ぶのには十分だ。

もしかしたら、すでに蜜が零れてしまっているかもしれない。そう考えると恥ずかしくて顔が熱くなる。

頬を真っ赤にさせていると、亮哉さんは私の耳元で囁いた。

「知っているか？　奈緒子」

「え？」

「ここのマンション、部屋の中は防音設計されているから音が漏れにくい」

「へ、へぇ……？」

膝だけでは足りないとばかりに、亮哉さんの手は私の身体のラインを確かめるような動きをし始めた。

その動きは、私の気持ちいい場所をピンポイントで突いてくる。

私の身体は次第に官能の渦に巻き込まれようとしていた。

ビクッと身体を震わせると、彼の口元がクイッと上がる。

「だけどな、奈緒子」

「は、はい？」

「玄関だけは別だから」

「は……？」

首を傾げて亮哉さんを見上げると、彼は含み笑いをする。

「玄関は音がよく響く」

「え？」

「外にも。そして、隣にも」

「ええっ!?」

目を見開いて驚くのと同時に、私の身体に甘い痺れが走った。

亮哉さんの手がTシャツの裾から忍びこみ、胸に触れたからだ。

「きゃっ……！　亮哉さ……ちょ、ちょっと!!」

なんとかして止めようとするけれど、彼の手は止まってくれない。

それどころか、あっという間にブラジャーのホックを外されてしまった。

唖然としている私の耳元で、彼はとんでもないことを囁く。

「お前は俺の女だってこと、アイツに見せつけるべきだと思うんだが」

一瞬意味がわからなかったが、亮哉さんが指さす方向を見てハッと目を見開く。

今、私が背を預けている壁は、野沢くんの部屋がある方だ。

音が響き、隣の音も聞こえやすいという玄関。そんなところで壁に近づいて淫らな行為をすれば……情事のありとあらゆる音が隣に聞こえる可能性大だ。

とんでもない！　と目を剥く私に、彼は激しいキスを仕掛けてきた。

「うふ……んんん！」

亮哉さんの舌はより深く私を欲しがる。

慌てて舌を引っ込めても、彼の舌は貪欲に絡みついてきた。そして、口内を淫らに彷徨う。

唇の柔らかさ、舌の熱さ。それらが、私の官能を呼び起こしていく。

クチュッと唾液の音が玄関に響く。それを聞きながらするキスは、なんて淫らで甘いのだろうか。

亮哉さんの舌が私の口内を愛撫するたびに、膝から力が抜けてしまう。

私は立っていることができず、背を壁に付けながらズルズルとしゃがみ込んでしまった。

それでも、亮哉さんはキスを止めない。

キスだけですっかり蕩けきってしまった私は、ただ彼に翻弄され続ける。

「気持ちいい……」

思わず呟いてしまうと、亮哉さんはキスを止めて嬉しそうに頬を緩めた。

「可愛いな、奈緒子は」

私の両頬は、彼の大きな手で包み込まれる。その手つきは大事なものに触れるように優しくて、私はうっとりと目を瞑る。

（もっと触れてほしい。もっと、もっとキスをしてもらいたい）

先ほどのキスで官能の火が灯されてしまった私は、彼の首に腕を絡ませて懇願していた。

「亮哉さん……もっと」

「っ！」

彼は一瞬息を呑んだが、すぐに私の唇に齧りついてきた。

そして耳に移動し、甘噛みをしてくる。舌が耳をなぞるたびに、ゾクリとした甘い痺(しび)れが背を走った。

「ひゃあんんっ！」

「フッ。可愛い声だな」

「だ、だって……出ちゃうんだもの」

「もっと可愛い声を聞かせろよ」

サッと頬を赤く染めた私に、亮哉さんは悪戯(いたずら)っぽく言う。

「前から思っていたけど、奈緒子は危機管理がなっていないな」

「え……？　フッ、ぁんん！」

どういう意味なのか聞き返そうとするが、亮哉さんの指に胸の頂(いただき)を弾かれてしまい、嬌声(きょうせい)に変わる。

指で摘まれ、こねるように指の腹で転がされた。

そのたびに気持ちよくなってしまい、甘い吐息が零(こぼ)れ落ちてしまう。

「腕上げて」

亮哉さんに優しく命令され、私は小さく頷く。

両腕を上げると、彼は私のTシャツを脱がし、ブラジャーも抜き取った。

上半身裸という状況に恥じらいを覚えた。だが、今は亮哉さんに与えられた熱に浮かされていて、そんなことどうでもいいと思ってしまう。

（早く亮哉さんに触れてほしい）

そんな破廉恥な気持ちまでわき上がってくるのだから、困ったものだ。

すぐ傍で、私の裸を見つめている彼の視線は、とても熱い。

私はやっぱり恥ずかしくて、身体を隠すために彼に抱きついた。すると、かなり大きなため息が零れ落ちてくる。

どうしたのかと見上げると、彼は困ったような表情を浮かべていた。

「亮哉さん？」

「やっぱり奈緒子は、危機管理能力が欠落している」

「なんですか、それ」

ムッとして亮哉さんを睨むと、再びため息をつかれる。

「無防備すぎて、この部屋に監禁したくなるな」

「な、な、なんですか。その恐ろしい発想は！」

真面目な顔をして言うものだから、つい不安になる。冗談ではない雰囲気に、顔を引き攣らせてしまうじゃないか。

一方の亮哉さんは、面白くなさそうに眉間に皺を寄せている。

「同級生だかなんだか知らないが、抱きつかせるし、キスさせるし」

「あれは！　彼は誰にでもするっていうか。彼にとって、キスは挨拶ですし」

「今までに何回も抱きつかせたり、キスをさせていたということだろう？」

「う……でもでも、私にだけじゃないんですよ？　彼は本当に誰にでもするんですから」

私だけが特別じゃないと何度も説得するのだが、目の前の彼は表情を緩めてくれない。

「それになぁ、奈緒子」

「はい」

「さっき、俺は言ったはずだけど？」

「へ？」

なんのことだろう。首を捻っている私の胸に、亮哉さんはいきなりしゃぶりついてきた。

「っふあぁ……んん！」

突然襲った甘すぎる刺激に、思わず喘ぎ声を出してしまう。

その様子を見て、亮哉さんは呆れたような声を出した。

「玄関は外にも隣にも音が響きやすいって言わなかったか？」

「あ……」

「それなのに、こうやって可愛い声を出すんだからな」

言葉に詰まる私をジトッとした目で見つめると、亮哉さんは私の腰を持ち上げて立たせてくる。

未だに膝がガクガクしていてうまく立てない私は、手首を掴まれて部屋の中へと入っていく。

「亮哉さん？」

「本当は玄関で奈緒子を抱いて、隣の男を牽制しようかと思ったけど、ヤメだ、ヤメ」

「え？　え？」

野沢くんを牽制するために、玄関で行為をしようとしていたことに驚く。それに、急に亮哉さんの気分が変わった意味がわからない。いや、変わってくれて助かったけど、どうしてなのだろう。

そのまま寝室のベッドに押し倒され、すでに色気ダダ漏れな彼を見上げる。

「奈緒子の可愛い声。他の男になんて聞かせてやらない」

「っ！」

「奈緒子は俺の女だ」

ギラギラした目の亮哉さんは、まさに捕食者。そして、私は彼に食べられる獲物。

そんな状態だけど、今の私は「喜んで！」なんて居酒屋の店員みたいに元気よく言いたくなるほど、捕食されたい心境だ。

　亮哉さんに抱き締めてもらいたくて腕を伸ばすと、彼はそれに応えてくれた。

　その大きな腕の中に包まれるのが大好きだ。亮哉さんが好き。だから、彼を不安になんてさせたくない。

　野沢くんに一度話してみよう。しっかりと話をすれば、彼だって過剰なスキンシップは控えてくれるに違いない。

　そう考えたら、少しだけ心が落ち着いた。

「ごめんね、亮哉さん」

「ん？」

「私、同級生のよしみで確かに警戒心が薄れていたかも。彼にしっかり話して、今後は過剰なスキンシップを控えてもらうから」

　だから許して、と懇願（こんがん）して彼に抱きつくと、ようやく優しげな声が耳に落ちてきた。

「話し合いなんてしなくていい。無視しろ、無視」

「そ、それは……一応お隣さんだし。元同級生だし」

「……」

「大丈夫！　キチンとお話しするから。彼だって大人なんだから、わかってくれると思う」

　力説する私の耳に、再び亮哉さんのため息が聞こえる。そして彼は呆れたように呟いた。

「ったく。だからお前は、危機管理能力が欠落しているって言っているのにな」

首を傾げる私から離れ、亮哉さんは両手を私の顔の横について見下ろしてきた。

「まぁ、いい。とにかく気をつけること」

「はいっ！」

元気よく返事をすると、彼は優しげに目を細めて言った。

「今度こんなことがあったら……本当にするからな？」

「へ？」

「監禁」

冗談ですよね、と笑い飛ばそうとしたが、それは彼の唇によって阻止された。

唇と唇を深く重ね、舌と舌を絡ませ合う。

そのたびにグチュグチュと卑猥(ひわい)な音が立ち、恥ずかしさが込み上げてくる。

だが、先ほどの愛撫ですでに官能の火が灯(とも)されてしまっているため、その羞恥心(しゅうちしん)はすぐに消えてなくなった。

ただただ亮哉さんを感じたい。その一心で彼の動きに食らいつく。

何度も角度を変えて、強弱をつけてされるキスは、うっとりするほど気持ちがいい。

私が、こういうキスをしたのは、亮哉さんが生まれて初めてだ。

だから比べることはできないのだけど、私にとっては彼とのキスが一番だと思う。

彼以外の人とキスなんてしたくない。

自ら彼の舌に絡ませると、亮哉さんは私の頭を撫でてくれた。

彼も気持ちがいいと思ってくれていたら嬉しい。

ますます調子に乗って舌を動かしていると、亮哉さんの手は私のスキニーパンツのホックを外し、ファスナーに手をかけた。

ジーッとファスナーが下りる音を聞きながら、私はキスを深めていく。

「腰、上げて」

亮哉さんのセクシーな声に、私は小さく頷いて腰を上げた。

すると、スキニーパンツとショーツを一緒に脱がされる。

気がつけば、私だけが裸の状態だ。それを恥ずかしいと訴えると、彼はしたたかな表情で笑う。

「じゃあ、俺の服を脱がせばいい」

「っ！」

息を呑む私に、彼は不敵な笑みを浮かべて眉を上げる。

挑発されているような、試されているような……だけど、今はそんなことはどうでもいい。

ただ、彼の体温を直に感じたい。それだけだ。

私は一度起き上がり、彼の服をゆっくりと剥(は)いでいく。

仕事帰りの亮哉さんが着ているのはスーツだ。日頃のラフな格好もステキだが、スーツ姿もとてもステキだと思う。

ジャケットを脱がせてネクタイを抜き取り、ワイシャツのボタンを外す。肌を露出させている様(さま)は、うっとりするほど格好いい。

彼の上半身を露(あら)わにしたあとは、スラックスに手をかけた。

ドキドキしながらベルトを外し、スラックスのホックを外してファスナーを下ろしていく。

すでに硬く上を向いてそそり立つ彼自身を見て、胸がドクンと大きく高鳴った。

スラックスとボクサーパンツを脱がすと、欲望をたっぷりと蓄えた彼自身が。私は思わずジッと見つめてしまう。

今までこんなふうに、まじまじと見たことはなかった。

いつも熱に侵され、亮哉さんに翻弄(ほんろう)されていたからだ。

恥ずかしくて目を逸らしたいけれど、今は興味の方が上回った。

いつも私のことを気持ちよくしてくれる彼を、私自身の手で気持ちよくしたい——そう思い立ったのだ。

知識だけはある。問題は実践だ。

ゆっくりと彼自身に触れると、ビクッと亮哉さんが震えた。

気持ちがいいのかな、と半信半疑でいきり立っているモノに触れる。

大事に、そして優しく握り、上下に動かしてみた。すると、先走りの液がタラリと先端から垂れてくる。

触れたらどんな感じなのだろう。興味本位で、液が出てきた先端を指でなぞる。

「っ……ん！」

亮哉さんが甘い吐息を零した。その声が信じられないほどセクシーで、彼の声だけで身体が熱くなってしまう。

（もっと聞きたい。亮哉さんを気持ちよくさせたい）

その一心で、私は彼の先端に口づけをした。

亮哉さんの腰が震える。彼が感じてくれているのだと思うと、嬉しくて仕方がない。

チュッチュッと音を立ててキスをする。

亮哉さんの呼吸が乱れ始めていることに気がついた私は、手でしごいていた彼自身を思い切って頬張ってみた。

そして先端を舌で優しく撫でる。

亮哉さんがどんな反応をしているのか見たくて、頬張ったまま彼を見上げた。

絡み合う視線に、ドクリと私の下腹部が疼く。

しばらく見つめ合っていたが、フイッと亮哉さんが視線を逸らした。

気持ちよくないのかなぁ、と肩を落とす。

でも、それならもっと頑張って、亮哉さんに気持ちよくなってもらいたい。

彼をさらに深く咥え、何度も出し入れした。

もちろん手でも優しく触れて、筋の辺りに指を沿わせる。

すると、突然亮哉さんが後ずさったために、熱棒は私の口から出ていってしまった。

どうしたのだろう、と顔を上げると、そこには顔を真っ赤にして目を泳がせている亮哉さんがいる。

直後、私は強引に彼に押し倒されてしまう。

「え？」と驚いて声を上げると、亮哉さんは眉間に皺を寄せて私を見下ろしていた。

もしかして、歯が当たって痛かったのだろうか。気持ちよくなかったということなのかもしれない。

「亮哉さん、ごめんなさい！」

「は……？」

「私、初めてで……うまくできなかった？」

私は亮哉さんにも気持ちよくなってほしい――その一心で頑張ったつもりだった。

だけど、結果的には上手にできなかったということだ。

彼はきっと、セックスがうまくない私にやきもきしたのだろう。

（もし、これが原因で別れるなんて言われたら、どうしよう！）

滲む視界では、亮哉さんが盛大にため息をついている。幼稚なことしかできない私に呆れたのかもしれない。

ギュッと唇を噛み締めると、その唇に彼の指が触れた。

「バカ、奈緒子。言っただろう？　お前でも俺の奈緒子の身体に傷を付けるのは許さないって」

「だ、だって……」

何度言ったらわかるんだろうな、と優しいタッチで頭を撫でてくれた。

目を瞑ると涙が零れ落ちてしまう。頬を伝う涙を、亮哉さんは唇で拭ってくれる。

優しく触れてくれる唇に戸惑いを隠せずにいると、彼は困ったように眉を下げた。

「……ち……った」

「え？」

あまりに小さい声だったので、うまく聞き取れない。

もう一度言ってほしいと目で訴えると、彼の頬は一気に赤く色づいた。

「気持ちよかった！　あれ以上されていたら、イッてた！」

ヤケくそのように言う亮哉さんは、めちゃくちゃ可愛かった。

それに、気持ちよかったと言ってもらえて嬉しい。

つたない愛撫だったと思うけど、亮哉さんに私の頑張りが伝わっていたようだ。

頬が緩(ゆる)んだ私を睨(にら)みつける彼が、愛(いと)おしくて堪(たま)らない。

思わずクスクスと声に出して笑ってしまうと、急に手首を掴まれた。

そのまま両手首をシーツに縫いつけられ、至近距離には悪代官のような笑みを浮かべた亮哉さんがいる。

ギラリと瞳が光った気がした。これはマズイ。絶対にマズイ。

だけど、この状況では、逃げ出すことは困難だ。

「なぁ、奈緒子。余裕たっぷりだな」

「えっと、そのぉ……そんなことは決して……」

「俺にヤキモチを焼かせた挙げ句、今度は翻弄(ほんろう)して……それなのに余裕がないなんてことは、ないよな？」

「それはちょっと誤解です。私がヤキモチを焼かせたわけじゃないし。ほ、ほ、翻弄(ほんろう)なんてとんでもない！」

首を激しく横に振ったが、抵抗もむなしく亮哉さんは口角をクイッと上げる。

「監禁じゃなくて、奈緒子に外へは出ていけないと思わせればいいってことだよな？」

「は……？」

亮哉さんの言っている意味はわからないが、とにかく自分の身が危ういということだけは把握できる。

私が口元をヒクヒクと引き攣らせていると、亮哉さんは手首を放した。

そして、今度は膝の裏に手を入れて大きく広げてくる。

慌てて脚を閉じようとしたが、ガッシリと亮哉さんに掴まれていて、動かすことができない。

これだけでも恥ずかしいのに、彼はもっと私を苛める。

「まだ、何もしていないのにな」

「え？」

「すっげぇ蜜が垂れているぞ」

「っ！」

「もしかして、俺のを咥えてたから？」

ニヤリと効果音がしそうなほど卑猥な表情で笑う亮哉さんを直視できなくて、慌てて視線を逸らす。

確かにあのときドキドキしていた。身体は正直だということなのだろうか。

うー、と唸って恥ずかしがっていると、すでに準備が整っている蜜壺に亮哉さんが息を吹きかけてきた。

「あああっ!!　やぁっんん！」

ビクッと身体が震え、腰が甘く疼いた。

きっとまた蜜が零れたに違いない。

恥ずかしくて身体中が熱くなる。シーツを被って隠れてしまいたい。

そう考えながら身悶えていると、蕾に温かくて柔らかい感触がする。

亮哉さんが、そこをペロペロと舐めだしたのだ。

その上、蜜壺には指が入り込んで何度も出し入れされている。

何ヵ所も同時に刺激され、私はひっきりなしに甘い声で鳴いた。

「ひゃああ……フッ……んん！」

「しっかり準備はできているけど……奈緒子が痛がると可哀想だから。念入りにな？」

「ね、念入りって……！　っふあああん」

チューッとキツく蕾を吸われ、私の視界は白く弾けた。

ビクッビクッとナカが収縮しているのがわかる。

恥ずかしくて逃げ出したくなるが、甘い余韻に支配された私の身体は、相変わらず言うことを聞いてくれない。

ハァハァと荒い呼吸をしながら、涙目で彼を見つめる。

すると、亮哉さんも私をジッと見つめていて、その視線の強さに釘付けになってしまう。

見つめ合ったまま、彼は私のナカから指を出して、指についた蜜を舐めた。

そして、濡れた指で内腿を撫でられると、それだけで声が出てしまいそうになる。

今の私は、少しの刺激でも達してしまいそうなほど敏感になってしまっていた。

亮哉さんも、それがわかっているのだろう。彼は滾る塊に蜜を塗りつけて、蕾を何度も刺激してきた。

「あああっ！　ダメ、今はまだ……ダメェ」

「聞こえない」

彼に、私の制止を受け入れてくれるつもりはないようだ。

蜜をたっぷり塗った彼自身が、私のナカへと入ってきた。

ググッと押し込まれ、それだけで達してしまいそうになる。

ギュッとナカを収縮させると、亮哉さんの眉間に皺が寄った。

「奈緒子。そんなに締め付けるな」

「だ、だって……」

こればっかりは私の意思ではない。どちらかというと、亮哉さんが悪いのだ。

そんな色気ムンムンな空気を纏い、大人の男という武器をかざして、私に優しく触れてくるから。

そんなふうにされて気持ちよくならないなんてあり得ない。

「しょうがないでしょ？　だって、好きなんだもの」

「っ！」

「亮哉さんが好きなんだもの。抱き締めたくもなるでしょ？」

私のナカだって、彼が好きで仕方がないはずだ。抱き締めたくなるのも当然だ。

開き直ってそう言えば、亮哉さんはチッと舌を鳴らした。

「本当に……どうしようもないな、奈緒子は」

「は？」

「そんなに俺を煽ると……本当に動けなくするぞ？」

さっき言っただろう？　と睨まれてしまい、パニックに陥る。

いつ、そんなことを言われただろうか。先ほどまでのやりとりを振り返ってみると、一つだけ思い当たることがあった。

監禁うんぬんのときに彼が言っていたことだ。

『奈緒子に外へは出て行けないと思わせればいい』――確かそんなことを言っていた。

それはもしかして……セックスのしすぎで疲れ果て、部屋の外に出ることができないようにしてしまおうと思っているのだろうか。

目を見開いて亮哉さんを見つめると、彼はフッと表情を緩める。

私の予想は間違っていないということだろう。

「ってことで、奈緒子。今からお前を抱き潰すから」

「ちょ、ちょっと待ってください。亮哉さん。私は今日引っ越してきたばかりで……」

「知っている。でも明日も休みだろう？　ついでに月曜日も有休を取っていたよな？」

確かにその通りだ。月曜日は役所で色々な手続きをしたいと思って、有休を取ってある。

まさか……それが仇となり自身を窮地に立たせることになるとは。

お手柔らかに、と顔を引き攣らせて笑うと、亮哉さんは負けじと笑顔を見せる。

「約束はできないな」

「亮哉さん⁉」

それはひどいです、と抗議しようとしたが、彼の真剣な眼差しを見ていたら口に出すことはできなかった。

「可愛すぎる奈緒子がいけない」

「なっ⁉」

「俺の理性をブチブチ切りやがって……お前、どういうつもりなんだよ」

「そ、それは逆ギレですよ！　私、悪くない！」

そう言い切ると、彼は心底疲れたように息を長く吐き出した。

「まぁな、惚れた弱みってヤツなんだろうけど」

「亮哉さん？」

「この可愛いヤツ。どうしたらいいんだろうな？」

な？　と問いかけられても困る。

顔を真っ赤にして狼狽えている間に、亮哉さんの腰がグイッと再び最奥を刺激した。

目の前に火花が散る。それほど強烈な刺激に涙が滲んだ。

そして亮哉さんは私の膝が胸につくほど、腰を持ち上げて押しつけてきた。

より深くナカに入り込んできた太い漲りは、媚肉を擦り上げてくる。

そのたびに嬌声を上げてしまうのは、仕方がないことだと思う。

ハッハッという彼の息づかい、グチュグチュと淫らに響く蜜の音。

それらが部屋中に響いて、なんとも言えぬ淫靡な世界へと私たちを誘っていく。

亮哉さんの身体がより一層近づいた。それにより腰が密着し、蕾も一緒に刺激されて気持ちがいい。

「ああ……っ、はぅんん！」

「奈緒子、可愛い。もっと、もっと……可愛い声を聞かせろよ」

「む、無理ぃ」

シーツをギュッと握り締めて、大きな快感を逃がすのだが、そう易々といくわけがない。

涙を零しながら彼を見上げると、その額には汗が滲んでいた。

快感に耐えつつ何度も腰を打ちつける亮哉さんからは、大人の色気を感じる。

「あ……ダメ……ダメなの！　あ、あっ」

「奈緒っ……奈緒子！」

亮哉さんの腰の動きが速くなる。

何度も何度も最奥を刺激してくるものだから、どんなに我慢していても声は零れてしまう。

聞くのも恥ずかしい自分の甘えた声。だけど、止めることはできない。

「亮哉さ……んん！　っやあああ、んんん‼」

「っ！」

フワンと身体が浮き上がる感覚。何度体感しても気持ちがいい。

私が嬌声を上げて身体を震わせている間も、亮哉さんは息を荒らげつつ腰を動かし続ける。

やがて、一際強く腰を打ちつけ、彼は何度も身体を震わせながら達した。

いつもなら、このまま抱き締め合って甘ったるい時間を過ごすのが私たちの形だ。

だが、今日は違っていた。

何故か、私のナカにいる亮哉さんの滾り(たぎ)が、再び硬くなった気がする。

彼は一度私のナカから出ると、後始末をして新しいゴムを付け始めた。

驚いて身体を硬直させていると、彼の唇が意味ありげに動く。

「まだ可愛がり足りないんだから、覚悟しておけよ？」

「え？　え？」

「まだ俺の嫉妬(しっと)心はおさまらない。奈緒子にしか鎮めることはできないから」

「うわ！　ちょ、ちょっと待って。亮哉さん……んん！」

再び組み敷かれ、このあと何度も抱かれることになった。

そして、そのときに一つ教訓が生まれる。

〝亮哉さんを、何がなんでも嫉妬(しっと)させてはいけない！〟

そう心に強く誓ったのだが、すぐに反してしまうなんて……甘い余韻(よいん)に浸(ひた)りきっていたこのときの私は、予想していなかった。

＊　＊　＊

今日は月曜日。いつも通りの日常だ。

亮哉さんは一時間ほど前に家を出たが、私は有休を取っていたので家事をこなしていた。

今日は天気がいいから洗濯物を外に干そうとベランダに出る。すると、突然隣から声がした。

「やぁ、奈緒子！　おはよう」

「野沢くん……」

ギョッとして横を見れば、野沢くんが満面の笑みで手を振っている。

隣同士なのでパーティションを隔てて、すぐ近くに顔を合わせてしまうのだ。

亮哉さんの手前、野沢くんとは距離を置こうと思っていたのに。こんな調子では不可能かもしれない。

（とにかく今は、さっさと洗濯物を干して部屋の中に入ってしまおう）

そう思って、作業のスピードを上げる。

いつもと様子が違う私に気がついているのか、いないのか。野沢くんは相変わらずのマイペースぶりを発揮している。

「あれ？　奈緒子、今日は仕事に行かなくていいの？　多恵に、奈緒子はＯＬをしているって聞いたけれど」

本郷多恵ちゃん。私と野沢くんの共通の幼なじみである。

多恵ちゃんともなかなか会う機会がなく、ここ数年はメールのやりとりだけだ。

けれど、多恵ちゃんの実家と野沢くんの実家は隣同士なので、私よりも彼らは顔を合わせる機会が多いのだろう。

まさか多恵ちゃんから野沢くんにそんな情報が漏れていたとは……

返事をしないのもおかしいかと思って、重い口を開く。

「うん、今日は役所で手続きとかしたいと思って。有休取っているの」

「僕もあちこちに手続きしたいと思ったから、有休取ったんだ」

「そ、そうなんだ……」

「うん。あ、そうだ！　僕も一緒に行っていい？」

「は？」

何を言い出すのだろうか、野沢くんは。思わずベランダ越しの彼を凝視する。

すると彼は、いつものように朗らかに笑っていた。

彼に悪意はない。それは小さい頃から知っているのでよくわかっているが、私としてはどうしたらいいのかと考えあぐねてしまう。

これ以上、亮哉さんに誤解を与えたくないのだ。

私は曖昧な笑みを浮かべ、断ることにした。

「ごめん、野沢くん。そのあと他にも用事があるし……」

「ふーん、そうなんだ」

「そうなの、そうなの」

なんとか切り抜けることができそうだ。

ホッと胸を撫で下ろしつつ、「それでは～」と愛想笑いをして部屋の中に逃げ込む。

「大丈夫。不審がられてはいないはず、うん大丈夫」

洗濯かごを両手で抱え、一人で納得していたのだが……どうやら神様は私に味方をしてくれないようだ。

役所での手続きを済ませ、マンションに帰ってきて夕飯の準備に取りかかっていたとき。醤油を切らしていることに気がついた。

すでに切りそろえた具材を見て項垂れる。

亮哉さんから「今日は早めに帰る」と連絡があったから、急いで夕飯を作りたいのに。

まさか醤油を切らしていたなんて……。

日中、せっかく外へ出かけていたというのに、悔やまれる。

でも、こうしてはいられない。とにかく、近くのスーパーに買いに行こう。

エプロンを外し、携帯と財布を持って玄関を出る。

そのとき、隣の部屋の扉も同時に開いたものだから、ビックリして硬直してしまう。

「OH～！　奈緒子！」

「っ！」

叫ばなかった私を誰か褒めてほしい。

ドアノブを掴んだまま固まっていると、野沢くんがいつものように抱きついてきた。

そして、止める間もなく頬にキスをしてくる。

驚きすぎて動けない私の顔を覗き込むように、野沢くんは腰を屈めた。

「奈緒子、今からどこかに出かけるの？　そろそろ暗くなってくるから危ないよ？　僕も一緒に行こうか？」

「えっと、あの……大丈夫。一人で行けるよ」

「遠慮はいらないよ？　僕と奈緒子の仲じゃないか」

「いや、申し訳ないから一人で行くわ」

キッパリと断ると、野沢くんは眉を下げて残念そうに私を見つめる。

その表情が迷子になってしまった子犬みたいに心許なくて、ズキンと胸が痛む。

邪険にしすぎただろうか。そんな考えが脳裏を過ったが、ここは心を鬼にしなければならないのだ。

学生時代の野沢くんは決して人の話を聞かない人ではなかった。キチンと理由を話せば、彼もわかってくれるはず。

私は、なんとか彼の腕の中から逃げ出し、厳しい視線を向ける。

「ねぇ、野沢くん。私と再会して懐かしいと思っているのはわかるよ？　だけど、こうやってハグしたり、キスしたりするのは止めてもらえるかな？」

ちょっとキツめな口調で言うと、野沢くんは悲しそうに目を伏せた。

「奈緒子は、僕と再会したの……そんなにイヤだった？　キスもハグも簡単な気持ちでしていたんじゃないんだよ」

彼の声が震えている。泣き出してしまいそうな野沢くんを前にして、私は大いに慌てた。

「そ、そうじゃなくてね。と、とにかく過剰なスキンシップは止めてほしい！」

亮哉さんが嫉妬しすぎて困るから止めてほしい、と本当のことを言った方がいいだろうか。

でも、それってバカップルだと言っているようなものだ。とはいえ他にうまい説明が思いつかない。

そう悩む私に、野沢くんは追い打ちをかけてくる。

「そうじゃないならいいじゃない！　僕は奈緒子とこうして再会できて、とっても嬉しいよ」

キラキラの笑顔を向けられ、ますます何も言えなくなってしまう。

別に野沢くんとの再会がイヤだったわけじゃない。

むしろ、久しぶりに旧友と会えたのだ。嬉しいに決まっている。

だけど、しっかり言わないとこの状態が続いてしまう。

もう、バカップルだとはやし立てられてもいいじゃないか。私は今の幸せを大事にしたいんだから。

ムンと唇を横に引き、私は野沢くんを見上げる。だが、彼に先制攻撃をされてしまった。

「だって、しょうがないでしょ？　奈緒子、可愛くなったんだもん」

「なっ⁉」

言葉をなくす私に、野沢くんは首を傾げてほほ笑んだ。

「構いたくなるのは仕方がないことだよね？」

まさか、そんなふうに言われるとは思っていなかったので、驚きすぎて何も言葉が出てこない。

頭の中が真っ白になりかけた私に、野沢くんはさらに攻撃を仕掛けてくる。

「ねぇ、奈緒子。佐藤さんから僕に乗り替えない？」

ノリカエナイ……？

意味がわからず、いや、わかりたくなくて、もう一度彼に聞く。

「今、何て言ったの？」

口元を引き攣らせながら野沢くんに問う。

だが、彼は満面の笑みを崩すことなく言い切った。

「だから！　佐藤さんから僕に乗り替え――」

「乗り替えません！」

瞬殺だ。野沢くんが言い終える前に、私は叫んだ。

彼は、何を血迷ったのだろう。まるで私への嫌がらせみたいだ。

一緒に役所に行きたいというのを断ったから？

それとも、親切心で買い物に付いてきてくれるというのを拒否したから？

だからといって、言っていいことと悪いことがある。

からかうのも大概にしろ。そんな気持ちを込めて、私は彼を睨みつけた。

「頼むから、そういう冗談は止めてよね！」

野沢くんには、学生時代からよく言いくるめられることが多かった。

口達者な上に、口より先に行動するタイプの彼にやられっぱなしだったのだ。

今回のことについては、野沢くんが拗ねて言った冗談に違いない。

わかってはいるが、今後のためにも私の気持ちははっきりと示しておいた方がいいだろう。

腰に手を当て、私は毅然とした態度を取る。

「私はね、野沢くん」

亮哉さんのことがどれほど好きなのか。それを力説しようとしたのだが、野沢くんに止められた。

「わかっているよ」

「え？」

目を丸くする私に、野沢くんは面白くなさそうに唇を尖らせた。

「だって、二人して僕に当てつけるみたいにエッチしていたでしょ？」

「っ!!」

きっと土曜日のことを言っているのだろう。

『玄関は音が漏れやすい』——そう亮哉さんが言っていたが、脅しでもなんでもなく本当だったのか。

身体中が火照って、いたたまれない。羞恥でどうにかなってしまいそうだ。

「悔しいから、奈緒子にちょっかい出すんだ。こうやってね」

視線を泳がせる私を、野沢くんは再び抱き締めてきた。

その腕の中から慌てて逃げだそうとするのだが、再び頬にキスをされてしまう。

彼の胸をドンと思いっきり押して突き放した。

野沢くんを睨みつけ、「もう、止めて！」と叫ぼうとしたときだった。

視界に亮哉さんが見えて、ハッとする。

彼は無表情で私たちに近づき、そのまま素通りした。

私は慌てて彼の腕を掴み、誤解を解こうと声をかける。

「亮哉さん！　違うんです！」

亮哉さんは私に視線を向けてきたが、その目の冷たさにゾクリと背筋が凍った。

思わず、掴んでいた腕を放す。

近寄るなオーラを感じて怯んでいる私を、野沢くんは性懲りもなく背後から抱き締めてきた。

「違わないよ。奈緒子は、もう僕のものだから」

「何を言っているのよ!!」

野沢くんの腕から抜け出そうとするが、男性の力に勝てるわけがない。

もがく私の耳元で、野沢くんは囁く。

「ねぇ、奈緒子。今から僕の部屋に越しておいでよ。隣だからすぐに引っ越しもできるでしょう?」

私に言っているというより、亮哉さんに向けて言っているかのように挑発的だ。

目の前にいる亮哉さんの視線が一段と冷たくなる。

私を睨んでいるのか、それとも野沢くんを睨んでいるのか。

土曜日は、亮哉さんがすごい剣幕で野沢くんを睨みつけて、私を助けてくれた。

だけど、今の亮哉さんは私を救い出してくれない。

私たちを一瞥したあと、彼は何も言わないまま部屋へと入っていく。

バタンと扉が閉まる音に呆然としていると、野沢くんが小さくため息をついた。

「あーあ、怒っちゃったね」

軽い口調で言う彼に怒りが込み上げてくる。

「……いい加減にしてよ」

自分でもビックリするほどの低い声だった。

背の高い彼を、私はこれ以上ないほどキツく睨みつけた。

「どうしてこんなことするの？　私に何か恨みでもあるの⁉」

ギュッと握り締めた拳が怒りで震えているのがわかったが、止めることはできない。

プルプルと震える身体で野沢くんを睨みつけていると、彼は困ったように笑う。

「恨みなんてないよ。ただ、全部本心を言っただけ」

「何を言って……」

「僕は奈緒子のことを歓迎するよ。気持ちの整理がついたらおいで」

それだけ言うと、私を残して部屋へと入っていった。

シンと静まりかえるマンションの通路。一人取り残された私は、泣きたくなって顔を歪める。


だが、こうしてはいられない。亮哉さんと話をしなければ。

慌てて部屋に飛び込むと、彼はソファーに座っていた。

ただ、近寄れない雰囲気を纏っていて、なかなか声をかけることができない。

それでも、誤解を解きたい一心で、恐る恐る声をかける。

「亮哉さん、あの……」

「行ってもいいんだぞ？　隣の部屋に」

冷たい声に身体が竦んでその場から動けなくなった。

確かに、亮哉さんが怒るのもわかる。私が彼の立場だったら責めまくっていたかもしれない。

だけど、突き放すような態度に悲しみが込み上げる。

「なんで……、なんでそんなこと言うんですか？」

「……」

「返品不可だって。ここに引っ越すときに言いましたよね？」

何度も問う私に、亮哉さんは視線を逸らしたままだ。

私は亮哉さんの視界に入りたくて、彼の前に跪いた。

顔を覗き込んだ瞬間、亮哉さんの怒りに満ちた目を見て、思わず口を噤む。

けれど、ここで黙ったままではいられない。

「私は出て行きません。ずっと、亮哉さんの傍にいます」

涙を堪えて言い切ったのだが、彼は立ち上がって私に背を向けた。

「好きにすればいい」

それだけ言うと、私に視線を向けることもなく自室へ引きこもってしまった。

パタンと閉められた扉。私と亮哉さんの境界線が目に見えてできてしまい、私はその場に泣き崩れる。

(どうして、こんなことになってしまったのだろう)

涙が溢れて止まらない。

亮哉さんと付き合いだしてから、こんなふうに拒絶されることなんて一度もなかったのに……

彼の冷たい声と怒りに満ちた目が忘れられない。

私はただただ、その場で声を殺して泣くしかなかった。

＊　＊　＊　＊

(今朝も……目を合わせてくれなかった)

仕事を終え、マンションの最寄り駅までやってきた。ここからマンションまでは徒歩十分の距離。近いはずなのに、なんだか遠く感じる。

重い足取りのまま、マンションへの道を歩く。

亮哉さんに避けられるようになってから一週間が経った。

同棲を始めたら同じ時間に家を出ようと話していたのに、この一週間、亮哉さんは一人で早めに家を出る。

あからさまに私と距離を置こうとしているのがわかって、胸が痛い。

けれど、それをどうにかする術（すべ）は今の私にはなかった。

もう一度話し合いの場を設けたい、と亮哉さんに話しかけるものの、「忙しいから」などと言って私の話を聞いてくれない。

すべて誤解だと説明したいのに、目も合わせてくれないのだ。

そもそも、野沢くんはどうして私にあんな態度を取ったのだろうか。

確かに彼は小さい頃から愛情表現が過剰で、男女問わずハグをしていたし、挨拶のキスもしていた。

だから、その延長線上で今回も同じことをしたのだと思えば、別段おかしいことはない。

でも、私の知っている野沢くんとは少しだけ違っていたように思えるのだ。

グイグイ迫ってきたかと思えば、急に引いたり。

積極的な行動をしてきても、どこか戸惑いを感じるのだ。

とにかく、「彼らしくなかった」――その一言に尽きる。

その後、野沢くんとは顔を合わせていない。

私としては、内心ホッとしている。

彼に会ったら、どれだけひどく詰(なじ)ってしまうか。自分でも想像できないからだ。

それに、これ以上亮哉さんとの仲を険悪なものにしたくないから、野沢くんには関わらないようにするつもりだ。

野沢くんには近寄らない。近寄らせない。そう心に強く誓っていると、携帯が震えてメールの着信を知らせる。

意外な人からのメールに目を見開いた。多恵ちゃんだ。

野沢くんとの仲がこじれているタイミングで、彼女からのメール。胸さわぎがした私は歩道の隅に寄り、メールを確認する。

そのメールには、『元気にしていた?』という私を気遣う内容と、今度小学校の同窓会があるというお知らせ。そして、もう一つ……とんでもないことが書かれてあった。

「うそ……うそでしょ?」

ショッキングな内容に、私は唖然(あぜん)として口を押さえたまま立ち尽くした。

多恵ちゃんからのメールに衝撃を受け、フラフラしながらもなんとか歩き出す。

（とにかく気を強く持たなくちゃ）

そんなふうに自分を鼓舞（こぶ）していると、再び携帯が震える。

野沢くんからの着信だ。

今は彼にあれこれ言われたくない。

まずは何がなんでも亮哉さんの誤解を解き、私は亮哉さんだけが好きだということを伝える。そのあとに野沢くんと話して、きちんとお断りする。

そうしなければいけないと思って、震え続ける携帯をカバンの中に押し込める。

すると、じきに電話は切れた。

ホッとしたのもつかの間、再び携帯が震える。着信は言わずもがな、野沢くんだ。

電話に出ないと決意した私は、そのあと何度も電話をかけてくる彼を無視し続ける。

だが、いつまで経っても途切れない着信に辟易（へきえき）してしまった。

いっそ電源を切ってしまおうか。そう思って携帯をカバンから取り出す。

だが、もしも緊急事態でＳＯＳの電話だったとしたら……この電話を私が取らなかったために、野沢くんが窮地（きゅうち）に追い込まれたとしたら……？

想像し始めたら、悪い方にばかり考えが向かってしまう。

「ああ、もう！　わかりました！」

未だに鳴り続ける電話に、私はヤケになって通話ボタンを押した。

「もしもし、野沢くん？　何度も電話をかけてきてどうしたのよ？」

口説き文句を言うためだけに電話をかけてきたのだったら、速攻切ってやろう。

苛つきながら彼の言葉を待つのだが、一向に返答がない。

ムッとしながら、もう一度声をかける。だが、やっぱり返ってこない。

「ちょっと、野沢くんってば！」

『……ぁ……はぁ』

「野沢くん？」

受話器から聞こえるのは、どこか息苦しそうな呼吸。その瞬間、やっぱりこの電話は野沢くんからのSOSだったのだと悟った。

「野沢くん、一体どうしたの？　ねえ！　野沢くん！」

何度か声をかけると、しばらくしてやっと彼の声が聞こえた。

『奈緒子……、助けて』

私はギュッと携帯を握り、電話の向こうにいる野沢くんに問いかける。

「一体どうしたの？　今どこにいるの？」

『……家、にい……る』

「わかった。すぐ行くから、玄関の鍵だけでも開けておいて」

野沢くんの返事を待たず、私は電話を切る。

携帯をカバンの中に突っ込んで、私は急いでマンションへと帰った。

エレベーターに乗ろうとしたが、点検中の紙が貼られていて使えない。

「ああもう！」

焦る気持ちを抑えながら、私は階段を目指す。

私たちの部屋は四階だ。走って階段を上ると、四階に着く頃にはかなり息が乱れてしまった。

日頃の運動不足を呪いながら、私は野沢くんの部屋のドアノブに手をかける。

どれだけ動かしても手応えはなく、カチャカチャと音がするだけだ。

次いで何度もチャイムを押すのだが、中から返事がない。

まさか動くことすらも困難な状況なのか。

ますます血が引いていく。このまま野沢くんを放置していたら、生死に関わるかもしれない。

「野沢くん！　開けて」

扉をドンドンと強く叩くが、中からはなんの音も聞こえない。

「野沢くん、大丈夫？　ここを開けて！」

やっぱりなんの返答もない。これは本当にマズイ状況だ。どうしようか、と考えを巡らせる。

管理人さんに事情を話して、この扉を開けてもらうようにお願いした方が早いかもしれない。

一階に下りようと踵を返すと、階段を上ってきた人がいた。亮哉さんだ。

彼の顔を見たらホッとして、涙が零れてしまう。

「亮哉……さん」

「おい、奈緒子。どうした？　何があったんだ？」

久しぶりに亮哉さんと話ができた。名前を呼んでもらえた。

そのことが嬉しくて、涙が止まらない。

ヒックヒックと嗚咽を漏らす私を、彼はその大きな腕の中に導いてくれた。

ギュッと抱き締められて心が落ち着くが、すぐさま緊急事態だったことを思い出す。

「あの、亮哉さん。野沢くんが！」

「……あの男が？」

途端に不機嫌な様子になり顔を歪めた亮哉さんだったが、話を続けるよう促してくれる。

私の様子を見て、ただ事ではないと感じ取ってくれたようだ。

「野沢くんの様子がおかしいの。助けて！」

「どういうことだ？」

私は先ほどかかってきた電話での彼の様子、それを聞いて慌てて部屋を訪ねたが反応がない、ということを説明する。

すると、亮哉さんは私を腕の中から解放し、足早に野沢くんの部屋の前に立った。

「おい、開けろ。大丈夫か？」

ドンドンと扉を叩く。すると、やっとカチャッと鍵が開く音がする。

慌てて扉を開けると、土間に力なく倒れている野沢くんがいた。

「おい、大丈夫か？」

亮哉さんが野沢くんに近づくと、彼はいつもの調子で、だけど力なくヘラヘラと笑う。

「風邪……ひいちゃったみたい？　えへへ」

それだけ言うと、野沢くんは再びうつ伏せで倒れてしまった。

ここ気持ちいい〜、と土間に頬ずりをしている。熱がかなり高い様子の野沢くんは、土間の冷たさに喜んでいる。

亮哉さんは急いで野沢くんを抱き上げ、私を振り返った。

「奈緒子、部屋に行って車のキーを持ってきてくれ」

「はい！」

亮哉さんは、すぐさま野沢くんをおんぶして階段を下りていった。

私は慌てて部屋に戻り、玄関に置いてある車のキーを持ち出す。

急いで部屋のカギをかけたあと、亮哉さんたちを追いかけた。

彼の後ろを歩きながら、声をかける。

「亮哉さん、大丈夫ですか？」

「ああ。ったく、今日に限ってエレベーターが使えないとはな」

そう愚痴りながらも、確かな足取りで階段を下りる。

さすが日頃から身体を鍛えている亮哉さんだ。彼と同じくらいの背丈である野沢くんをおんぶしても、少しの危うさもない。

一方の私は、大丈夫だとわかっていてもオロオロとしてしまうばかりだ。

駐車場に着くと、「奈緒子、車を開けてくれ」と言われ、持っていた車のキーレスのボタンを押す。そして、後部座席の扉を開いた。

「奈緒子、早く乗れ」

亮哉さんは野沢くんを後部座席に押し込め、運転席に乗り込む。

「は、はい！」

私は助手席に乗り、シートベルトを着けようとする。だが、慌てすぎてうまく着けることができない。

「落ち着け、大丈夫だ」

亮哉さんはそう言うと、身を乗り出して私にシートベルトを着けてくれた。

私の頭にポンポンと優しく触れたあと、彼は車のエンジンをかける。

やっと落ち着きを取り戻した私は、亮哉さんの横顔を見つめた。

とても心強くて、再び涙腺が緩（ゆる）んでしまう。

「行くぞ」

亮哉さんは私に声をかけ、アクセルを踏む。

目的地は車で十分ぐらいのところにある内科医院だ。

だけど、今の時間は帰宅ラッシュで混んでいる道が多いことだろう。

案の定、病院に行く道も渋滞していて、なかなか前に進めない。

気持ちばかりが焦ってしまうが、これぱっかりは仕方がないことだ。

やっと渋滞を抜けた私たちは、なんとか診療時間ギリギリに飛び込めたので、医者に診てもらうことができた。

診断は風邪。大事にはならないと聞いて胸を撫で下ろす。

野沢くんは体力をかなり消耗しているのだろう。診察が終わると、ベンチでウトウトと眠り始めてしまった。

するとと亮哉さんは「奈緒子は傍にいてやれ」と言い、代わりに動いてくれる。

私が野沢くんについている間に会計を済ませ、処方箋を持って薬局で薬を受け取ってきてくれた。

その様子を見て、彼がいてくれてよかった、と涙が込み上げてくる。

私一人だったら、慌てるばかりで何もできなかっただろう。

「奈緒子、駐車場から車を動かしてくるから少し待っていてくれ」

「……ありがとう、亮哉さん」

「ん？」

「私一人だったら、どうしていいのかわからなくて、パニックになっていたと思う」

亮哉さんのおかげで、野沢くんは大事にならずに済んだ。

だけど、もしも大変な事態になっていたらと思ったら、怖くなってしまった。

安堵したのと、今になって押し寄せてくる恐怖に涙が零れてしまう。

太ももの上でギュッと握り締めていた手に、涙の粒がいくつも落ちていく。

「見捨てないでくれてありがとう」

野沢くんの一件で、私たちはすれ違いを起こしている真っ最中だ。

それなのに、野沢くんを助けてほしいという私の願いを、迷いもなく受け入れてくれた。

亮哉さんの優しさと懐の深さを感じ、改めて彼が好きだと再確認する。

（やっぱり私は亮哉さんが好き。このまま別れたくない）

仲直りしてほしいと伝えようとしたとき、亮哉さんが私の隣に腰かけ、頭に触れてきた。

そのまま彼の方に引き寄せられ、コテンと肩に頭を預ける形になる。

ビックリして涙が止まった私に、亮哉さんは優しい声色で呟いた。

「見捨てるわけないだろう。奈緒子の願いを叶えないなんてあり得ない」

「亮哉……さん」

「だけどな、奈緒子。一つだけ叶えてやれないことがある」

そう言うと、彼はグッとより強い力で私を抱き寄せてきた。

「お前を他の男に渡すことは絶対にできない」

「っ！」

「奈緒子は、俺の女だ。絶対に放さない。わかったか？　奈緒子」

亮哉さんの声がすごく優しくて、私は何度も頷く。

返事をする代わりにギュッと彼に抱きつくと、つむじにキスが落ちてきた。

亮哉さんは、ガシガシと自分の頭を掻いたあと、ばつが悪そうに口ごもる。

「ごめんな、奈緒子。いい年をした男が嫉妬してキレるなんて……格好悪いよな。これ以上無様な姿を見せたくなくて、距離を置いていた」

「え？」

驚いて彼の顔を見上げると、頬を真っ赤にさせている亮哉さんがいた。

「自分がこんなに嫉妬深いなんて、思ってもいなかったぞ？　お前がそうさせているんだからな。責任取れよ、奈緒子」

「せ、責任？」

戸惑う私に、亮哉さんはもう一度チュッとつむじにキスをした。

「そう。俺が嫉妬でおかしくならないように……ずっと俺のことを好きでいろ」

「はい」

素直に返事をすると、亮哉さんはギュッと私を抱き締めてくれる。

久しぶりに感じる彼の体温に、私は嬉しくなって頬ずりをした。

少しだけの間、お互いの体温を感じて幸せに浸る私たちだった。

＊　＊　＊

「ありがとうございました。佐藤さんは、僕の命の恩人です」

翌日の夜。驚異的な早さで回復を遂げた野沢くんは、すっかり元気になったようだ。

亮哉さんの部屋にやってきた野沢くんは、菓子折を私に手渡すと、床に頭を擦りつける勢いでお礼を言い出した。

そんな野沢くんを見て、亮哉さんは口を歪める。

「……ってか、てめぇの恩人は奈緒子だろう。奈緒子がお前を見捨てなかったからだ」

「は、はい」

威圧的な態度の亮哉さんに、野沢くんは肩を震わせる。

「俺も奈緒子に頼まれなければ動いていなかった。感謝は奈緒子にしろ」

野沢くんにかける声は、どこかトゲトゲしているように思う。

亮哉さん曰く、野沢くんがこれまで私にした行為の数々については、一生許さないとのことだ。だからこそ、彼に対して辛辣なのだろう。

だが、私はその状況に心底ホッとしているのだ。それは、多恵ちゃんに教えてもらった〝ある事実〟が原因なのだが……。

私は菓子折をギュッと抱き締め、警戒した目で野沢くんを見つめる。

一方の野沢くんは、言われた通り私に感謝の言葉を述べた。

「奈緒子、ありがとう。助かったよ」

「……うん」

「だけど、一ついいかな？」

「イヤです‼」

間髪を容れず断る私を見て、野沢くんは苦笑いをした。

彼が言おうとしていることはすでにわかっている。絶対に許すつもりはない。

フイッと顔を逸らす私に、野沢くんはクスクスと笑い声を漏らした。

「あれ？　もしかしてバレちゃった？」

「多恵ちゃんから聞いた。絶対に、絶対に亮哉さんは渡さないから」

先日、多恵ちゃんのメールに書かれていた野沢くんの情報は、驚愕するものだった。

なんと、彼は男性にしか興味を持てない人だという。

知り合いにはひた隠しにしていたようだが、さすがに実家が隣同士の多恵ちゃんには秘密が漏れていたのだ。

野沢くんからの『奈緒子に久しぶりに会った。なんとマンションの部屋が隣同士。奈緒子は彼氏と同棲している』という報告を聞いて、多恵ちゃんは私を心配してくれたらしい。

多恵ちゃんのメールには『奈緒子ちゃんから彼氏を奪い取るかもしれないから、くれぐれも気をつけて』と書いてあったのだ。

野沢くんが私を口説いてきたとき、どこか違和感を覚えていたのは確かだ。

それは、私を口説きたかったわけじゃなく、私と亮哉さんを別れさせたかったからなのだろう。

野沢くんをキッと鋭く睨みつけたが、彼は私を無視して、亮哉さんを見つめている。

その熱のこもった視線に何かを感じたのだろう。亮哉さんの顔が引き攣った。

野沢くんは怯まず、亮哉さんに近づく。

「佐藤さん。僕、貴方に一目惚れしたんです。奈緒子を可愛がれば、二人は拗れて別れるかなぁって思って、色々したんですよね」

「は……？」

亮哉さんは、思いもよらない展開に戸惑いが隠せない様子だ。

私は亮哉さんを野沢くんから守るように、彼の前に出る。

「よ、よ、よくも！　性懲りもなくそんなことを！」

恩を仇で返すつもりか、と私は目をつり上げたが、野沢くんは肩を竦めるだけだ。

「だけど、絆は深まるばかりだし、これ見よがしに僕に聞こえるようにラブラブしてくるし」

これは先日の玄関でのエッチ、そして病院での出来事を言っているのだろう。

思い出しても顔が熱くなるが、ここはなんとしても阻止しなくてはならない。

「野沢くんにも、他の誰にも亮哉さんはあげない！　私の大事な人だもん！」

私はすぐ傍に立っている亮哉さんの腕に抱きつき、野沢くんに睨みをきかせる。

すると、野沢くんは呆れたようにもう一度肩を竦めた。

「はいはい。今回は世話になったからね。引いてあげることにしよう」

「今回はって！　今後一切止めてよね!!」

噛みつかんばかりの勢いで抗議すると、野沢くんは「はいはい」と投げやりな返事をして、部屋を出て行った。

「あーあ。やっぱり奈緒子は佐藤さんのものかぁ。人生で唯一好きになった女の子なのに、失敗しちゃったなぁ」

学生の頃の淡い初恋の記憶、そして今し方突きつけられた失恋の痛みに、野沢くんが顔を歪めていたなんて……

私には知る由もなかったのだった。


野沢くんを見送ったあと、やっと静寂が訪れる。

ホッとしたのもつかの間、何故か亮哉さんに寝室へと連れ込まれていた。

私をベッドに押し倒し、腰を跨いだ状態で、彼は着ている服を脱ぎ捨てていく。

鍛えられた男らしい身体を直視し、私は慌てた。

「ど、ど、どうしたんですか？　亮哉さん。突然……」

「突然？」

「突然ですよ⁉」

自分の服を脱ぎ終えた亮哉さんは、私の服も剥いでいく。

「俺はずっと抱きたいと思っていたから、突然じゃない」

「なっ⁉」

「奈緒子が足りない。もう……お前を抱きたくて仕方がない。あんな口説き文句言われたら、抱かずにはいられないだろう？」

そう訴える亮哉さんの目はギラギラしている。私が欲しくて仕方がない、と顔に書いてあるようだ。

亮哉さんと喧嘩して以来、ずっと触れ合っていない。

昨夜仲直りしたが夜はバタバタしていたし、明日はお互い仕事だからと手を繋いで眠っただけ。

私だって、彼が欲しくて堪らないのは確かだ。

「私も……。亮哉さんが足りない」

「奈緒子」

「亮哉さんが欲しいです」

言った傍から恥ずかしさが込み上げてくるが、本能には勝てない。

亮哉さんに距離を置かれている間、不安と寂しさでどうにかなってしまいそうだった。

今はもう、手を伸ばしてもいいはずだ。

この人は私の大事な人です、と言い切っても大丈夫。

私は身体を起こし、ジッと彼の目を見つめる。

『電話の佐藤さんはステキな人！』

そんなふうにさわいでいた頃には思いも寄らなかった運命が、私に舞い降りた。

こうして亮哉さんと同じ部屋に住み、抱き合う未来が来るなんて、誰が想像しただろう。

今、ずっと憧れていた〝電話の佐藤さん〟の近くにいる奇跡に胸が熱くなる。

お互い微動(びどう)だにせず見つめ合っていたが、やがて亮哉さんが私に手を伸ばしてきた。

額(ひたい)にかかっていた髪をかき上げてきて、そこにキスを落とす。

額(ひたい)の次は目尻、頬、鼻、耳と色々なところにキスをしていく。

そして、口づけを止め、亮哉さんの熱っぽい目が私を射貫いてくる。

今度はお前が俺を欲しがって——そう訴えかけているように感じて、私はゆっくりと目を閉じた。

キスして欲しい。その願いは、すぐに叶えられた。

「フッ……ン、ッハァ」

食べられるかもと思うような激しいキスではなく、スローペースなキス。

ゆっくりと舌を使って口内を味わう動きがもどかしくて身悶えてしまう。

とっても気持ちがいい。だけどもっと強引に、そして激しいキスが欲しい。

私はさらに刺激がほしいとねだるように、口内に入り込んでいる亮哉さんの舌に絡みついた。

自分から動き、優位に立つキスは、初めてかもしれない。

もっと私のことを欲しがってほしい——その一心で彼の舌に絡める。

それなのに、亮哉さんはいつもみたいに動いてはくれなくて、もどかしさが募るばかりだ。

唇を離して、彼を咎めるように見つめた。

「意地悪……」

亮哉さんがわざと私からキスをさせていることはわかっている。

唇を尖らせた私を見て、彼は声を上げて笑った。

「奈緒子にだけだ」

「それって喜んでいいんですか？」

複雑な気持ちを抱いて彼を見つめると、グシャグシャと頭を撫でられた。

そして、胸がドクンと音を立てて高鳴るほど魅惑的な声で、亮哉さんは囁く。

「喜べよ。俺がこんなふうに愛でたいと思うのは、奈緒子だけなんだから」

私の背に手を添え、ゆっくりとベッドに寝かせたあと、噛みつくような激しいキスを仕掛けてくる。

舌が口内に忍び込み、歯列を舐めるように触れてきた。

こういうキスをしてほしかった、と喜びが身体中に満ちていく。そして自分の身体が彼によってエッチにされていることを実感した。

亮哉さんから気持ちがいい、好き、という気持ちが伝わってきて、嬉しくて視界が滲む。彼からのキスに目眩が起きそうだ。

唇が腫れるほど何度も何度もキスを落とされ、やっと離れたときには息が荒くなっていた。

ハァハァと呼吸を乱れさせている私の身体は、すでに力が入らないほど甘く蕩けてしまっている。

甘美な刺激にうっとりしながら亮哉さんを見上げると、彼は優しくほほ笑んでくれた。

それだけで胸がキュンキュン音を立てる。

もっとしてほしくて亮哉さんの首に腕を回し、引き寄せた。

我ながら大胆だと思ったが、彼の熱を近くに感じたかったのだから仕方がない。

亮哉さんの唇は私の首筋を辿り、そして肩に触れてくる。それから鎖骨、脇腹、おへそをくすぐってきた。

身体中にキスを落とされ、どこもかしこも亮哉さんの色へと変化していくような気がする。

「っあ……ふぅ、んんっ」

甘ったるい声を出しながら、私は亮哉さんの手に翻弄された。

彼の指は、すでに硬く尖っている胸の頂を転がし、時折キュッと摘まむ。その刺激が気持ちよすぎて腰が震えてしまう。

さらに、胸の頂を指の腹で弄られ、嬌声は止まることを知らない。

もう片方の頂は、彼の唇と舌に快感を与えられていて、両方の刺激に涙が零れてしまう。

「奈緒子、気持ちいい？」

「うん。気持ちいいの……っ」

私は恥ずかしさに目眩を覚えたが、正直に気持ちを伝えた。すると、亮哉さんは嬉しそうに破顔する。

彼の指が、唇が、舌が身体に触れるたびに、甘ったるい声が零れ落ちてしまう。

キスも愛撫も気持ちがいい。だけど、もっと違う刺激が欲しい。

亮哉さんと一つになる快楽を覚えてしまった私の身体は、昂る塊が欲しくて仕方がないのだ。

（もうこれ以上は待てない。亮哉さんと、溶け合いたい）

私は彼の耳元で小さくおねだりをする。

「お願い……っ、亮哉さん。もっと気持ちよくなりたいの。もっと、もっと亮哉さんに触れたいの」

「っ！」

一瞬、彼が息を呑んだのがわかった。

その余裕のない表情に、私の身体は期待してしまう。

彼はベッドサイドに置いてあるゴムを昂(たかぶ)っている自身につけると、私の身体を開いた。

彼は茂みに指を入れ込んできたが、私が欲しい場所には触れてくれない。

もどかしくて腰を揺らしていたら、彼に小さく笑われた。

私を翻弄(ほんろう)して遊んでいる彼にねだるような視線を向けると、やっと望んでいた刺激をくれる。

「っやあぁん！」

刺激を待ち焦がれていた蜜壺に亮哉さんの指が触れると、グチュリと厭(いや)らしい音がした。

すでに準備が整っている身体は、早く彼と溶け合うことを望んでいる。

「ここを舐めて、奈緒子を気持ちよくさせてあげようと思ったんだが……もう、トロトロだな」

言われた瞬間、羞恥に悶えた私を亮哉さんは笑う。本当に、意地悪だ。

そんなこと言わないで、と小さく呟くと、亮哉さんは私のお尻を撫でてきた。

「あとでゆっくり可愛がるな。だけど、今は――」

「今は？」

私が期待を込めて亮哉さんを見つめると、情熱的な目で応えてくれた。

「とにかく奈緒子を感じたい。ナカに入りたい」

直接的な言葉に、私の心と身体は期待に震える。

コクンと頷くと、私のナカに彼の熱く滾っている塊が入り込んできた。

ググッと一気に最奥を突かれ、快感のあまり背を反らす。

「あああっ！　っふあああ」

何よりも待ち望んでいた刺激に耐えきれず、私は喘いだ。

入れられただけで軽くイッてしまい、恥ずかしさが込み上げてくる。

顔を真っ赤に染めている私を見て、彼は頬を緩めた。

「奈緒子は可愛い。だけど、段々色気が増してきた」

「亮哉さ……ん？」

この間にも彼は腰を回し、私のナカを刺激し続けている。

「俺をこれ以上翻弄して、どうするつもりなんだ？」

「そんな、ことないっ！　ぅふあああんん！」

再び最奥を突かれ、目の前に火花が散った気がした。

亮哉さんの腰の動きが激しくなり、パチュンパチュンと身体がぶつかる音、そしてグチュグチュと蜜の立てる厭らしい音が部屋に響く。

蜜が潤滑油のようになって、彼が動くたびに気持ちよくなっていく。

このまま本当に溶けてしまうかも、そんなふうに思ってしまうほどだ。

思考まで蕩けてきたとき、亮哉さんによって身体を起こされた。

「っやぁ！」

「本当にイヤ？　奈緒子のナカ、ギュッと締め付けてきたけど？」

言葉は意地悪なのに、亮哉さんの色っぽい声のせいで、媚薬を飲まされたように身体が火照ってしまう。

今、私は彼と向き合う形になっている。所謂、対面座位という体位で、私は亮哉さんのいきり立つモノを深く咥え込んでいる状態だ。

そのせいで、動かなくても背に淫らな刺激が走る。

このままでも涙が出るほど気持ちがいいのに、亮哉さんは腰を揺らしてナカを刺激してくる。

下から押し上げられ、私の胸と身体が揺れてしまう。そのたびに、私の嬌声（きょうせい）が部屋中に響いた。

目を開けば、すぐ傍（そば）に亮哉さんの顔がある。涙目で見つめると、彼は私に深くキスをしてきた。

甘ったるい吐息は、すべて亮哉さんの唇に奪われ、ただただ彼に与えられる熱に浮かされる。

腰の動きが速まり、身体が自分のものじゃないような感覚に陥（おちい）っていく。

「ダメ！　っん、ふぁあああああん！」

背を反らし、甘い痺（しび）れを身体中に感じて達しても、亮哉さんの動きはまだ止まらない。

もう無理、と懇願（こんがん）しながらも、与え続けられる魅惑（みわく）的な刺激にまた夢中になる。

亮哉さんは限界が近いのか。眉を顰（ひそ）め、目の周りが赤くなっていて色っぽい。

そのまま何度かググッと奥を突いたあと、彼も達して小刻みに震えたのをナカで感じたのだった。


数時間後、甘い時間を終えた私たちは、留守電が入っていることに気がついた。再生してみると、伝言を入れた主(ぬし)はあまりに意外な人物だった。

『佐藤さん、こんにちは。吉岡です。うちの奈緒子がいつもお世話になっています。この前は柿をたくさん送っていただいてありがとう。ご両親にもよろしくお伝えくださいね。そうそう、奈緒子ったら、佐藤さんと私が連絡を取り合っているってまだ気がついていないのかしら。貴方たちの同棲をすんなり許したことに、何の疑問も抱かないんだもの。鈍感すぎて心配になっちゃうわ。でも、奈緒子の傍(そば)には佐藤さんがいてくれるから私は安心よ。奈緒子のこと、どうぞよろしくお願いしますね。じゃあ!』

伝言をすべて聞き終えた私は、驚愕(きょうがく)して亮哉さんを問いただした。

「ちょっと、亮哉さん! いつの間にうちのお母さんと連絡を取り合っていたんですか!?」

ん? ととぼけた様子で誤魔化(ごまか)す亮哉さんに必死に食ってかかると、ようやく白状した。

「実は、何度か奈緒子のお母さんと電話で話している」

「っていうか、どうやって電話番号……あ!!」

亮哉さんに実家の電話番号を教えた人物はすぐにわかった。姉夫婦だ。

そうでしょう? と聞くと、亮哉さんは深く頷いた。

「吉岡家の大事な娘さんだからな。そこはキチンと手順踏まないと」

「亮哉さん……」

「結婚を前提に同棲させてくださいって、お前が引っ越してくる前に、奈緒子の実家に行ってお願いしてきた」

お母さんとのやり取りを隠されていたことに怒っていたのに、その言葉を聞いてどうでもよくなってしまった。

亮哉さんにすごく大切にされていると改めて実感して、ジーンと胸が熱くなる。

嬉しくて涙が零れてしまいそうな私に、彼は相変わらずぶっきらぼうに言った。

「ってことで、奈緒子。改めて言う。結婚を前提に、一緒に住むぞ」

「もう、亮哉さんは！」

プロポーズともとれるその言葉が嬉しくて、涙声になってしまう。

それでもきちんと亮哉さんに返事をしたくて「はい」と頷いた。

すると、彼は真剣な声色で囁く。

「奈緒子を一生大事にするから」

その声は、初めて電話で話したときの佐藤さんの声に似ていた。

誠実な王子様の声を聞いて、私の胸はキュンと切なくなる。

私は満面の笑みを浮かべて、亮哉さんに負けじと〝電話の吉岡奈緒子の声〟で返事をする。

「よろしくお願いします」

ちょっと澄まして、仕事ができるＯＬ風を醸し出すと、亮哉さんは私の肩に手を置いて引き寄せてきた。

ギュッと抱き締められたあとに囁かれた言葉の数々は、心臓がいくつあっても足りないと思うほどの破壊力だ。

あの悩殺ボイスで言われるのだから仕方がない。

亮哉さんのことが大好きな私だが、中でも声が一番好きだ。そう伝えると、彼は表情を和らげる。

「俺は奈緒子の甘ったるい声が一番好きだ」

だから……、と亮哉さんは言いながら、私をソファーに押し倒してきた。

彼を見上げると、髪が少し乱れて顔にかかっている。その様子はとてもセクシーで、ドキドキしてしまう。

見惚れてしまって何も言えない私に、亮哉さんは甘やかな吐息混じりの声で懇願してくる。

「もっと聞かせてくれ。奈緒子の可愛い声」

私は亮哉さんのお願いに、素直に頷いたのだった。

書き下ろし番外編

電話の佐藤さんは、やっぱり最強です！

（亮哉さん、早く帰って来ないかなぁ……。寂しいよぉぉぉ）

一人きりで夕飯を済ませたあと、お風呂に入った。パジャマに着替え、あとは寝るだけの状態だ。

すっかり夜も更け、シンと静まりかえる部屋を見て寂しさが込み上げてきてしまう。

携帯のカレンダーアプリを何度確認しても、日にちは過ぎてくれない。

指を折って数えても、卓上カレンダーをめくってみても過ぎた時間は変わらない。

そんなことを、私は何日続けているだろうか。

私しかいないマンションの一室を見回し、ますます寂しさを募らせていく。

亮哉さんと同棲を開始してから、半年が経過。

ここまで色々な試練があったからこそ、二人の絆がより深まったのだと思う。

しかし、絆が深まったとはいえ、私にしてみたら遠慮させていただきたい出来事の数々だったのだけど。

特に、野沢くん絡みの一件については、二度とごめん被(こうむ)りたい出来事の一つだ。思い出したくもない。

とはいえ、野沢くんの人懐っこい笑顔でチャラにされてしまうのだから、彼は憎めないキャラである。

私たちの仲を引っかき回してきた野沢くんだったが、あのあとすぐに海外赴任が決まり引っ越しを余儀なくされたのだ。

『奈緒子。佐藤さんと別れることになったら一報よろしくね！』などと、縁起でもない言葉を残して旅立っていった。

絶対に別れてやるものか！　と鼻息が荒く息巻いたのは言うまでもない。

野沢くんだが、遠い地で元気に過ごしているらしく、私の携帯に佐藤さん宛てにメッセージが時折届いている。

彼からのメッセージを見るたびに、亮哉さんの眉間に深い皺(しわ)が刻まれ、複雑そうな表情になるのだが、まぁ、それも仕方がないことだろう。

そんな亮哉さんだが、かれこれ二週間ほどマンションに戻ってきてはいない。

ついでに言うと、まだあと一週間は戻ってこないことが決まっている。

彼は今、名古屋に出張に出かけているからだ。

丸々三週間、亮哉さんと会えない。付き合い出してから、これほど長期間彼と会わないなんてことはなかった。だからこそ、寂しさをどう紛らわせればいいのか戸惑ってしまうのかもしれない。

この出張話を彼から聞いた当初は、『お仕事だから仕方ないよね』とは思った。いや、思おうとしていた。

でも、名古屋出張の日が近づくたびに、寂しさが募っていってどうしようもなくなってしまったのだ。

だけど、いい大人である私が『寂しいから行かないで』などと言えるはずがない。

亮哉さんは仕事で名古屋に出向くのだ。そんな彼の邪魔になどなりたくない。

だからこそ、私はグッと我慢した。エライぞ、私！

寂しい気持ちを抑えながら、笑顔で彼を見送った私は絶対にエラいと思う。

そんなふうに自分を褒めたたえていなければならないほど、現在私は亮哉さん欠乏症に悩まされている。

（会いたい。今すぐ、亮哉さんに会いたい。会いたいよぉぉぉぉ――――！）

ラグマットの上でゴロゴロと転がり、愛しい亮哉さんのことを思い浮かべて心の中で叫ぶ。

寂しさでぽっかりと空いてしまっている心を埋めるように、クッションに手を伸ばしギュッと抱き締めた。

彼も私と同じ気持ちでいてくれたらいいなと思うのだけど、なんとなく怖くて聞けずにいる。

私の気持ちが重すぎることを、彼に伝わってしまうのが怖いのかもしれない。

「なんだか私、駄々っ子みたいだよね」

クッションを放り投げながら小さく呟いたが、静かな部屋に私の声が響くだけで返事はない。ますます寂しい気持ちが大きくなっていく。

むなしさを感じて項垂れていたが、ゆっくりと立ち上がる。そして、向かった先は二人で使っているベッドだ。

そこに力なくダイブする。ギシギシとスプリングが軋む音がしてベッドが揺れ、次第にベッドルームは静寂に包まれた。

ゴロリと寝返りを打ち、壁時計に視線を向ける。

ただいま夜の十時。亮哉さんは、ホテルに戻っているだろうか。

プロジェクトの応援という立場で名古屋に行っているのだが、仕事はかなりハードだと聞いている。

ここ一週間なんてホテルに戻るのは午前様なんてこともザラで、休日はホテルで寝溜めしているなんて言っていた。

睡眠は貯蓄できないからこそ、そんな話を聞けば心配で仕方がなくなってしまう。

大丈夫だ、と彼は言っていたが、休日には泥のように眠っていることを知っているので鵜呑みにできない。

「亮哉さん、きちんと身体を休めているかなぁ」

天井を見て、再びため息をつく。手を伸ばしても、亮哉さんは抱きしめてくれない。伸ばした手がなんだかむなしくなって、パタンと音を立てて力なく腕を下ろす。

早く名古屋出張が終わればいいのにと願うのは、彼の身体がとても心配だから。

もちろん、彼に早く会いたいという本音もチラリチラリと見え隠れしているのは、誤魔化せない事実ではあるのだけど。

うつ伏せになり、サイドテーブルに置いておいた携帯を手に取った。

ディスプレイには、亮哉さんと二人でキャンプに出かけたときの写真が待ち受けに設定されている。

彼は柔らかくほほ笑んでいて、待ち受け画像を見るたびに胸がドキドキしてしまう。

想いが通じて恋人同士になり、こうして結婚を前提として同棲もしている。

彼といる時間は確実に長くなっているのに、毎日ときめいてしまう。

毎日恋をしている。そんな自分は、亮哉さんがいなくなったらどうなってしまうのか。

考えただけで怖くなる。

付き合うことを決めた夜、彼は名古屋支社に栄転するかもしれないという状況だった。結果としては本社内での栄転だったわけだが、もしあの時点で彼が名古屋に行っていたとしたら……私たちは、どうなっていたのだろうか。

しんみりとしていると、ふと視界に入ってきたのは亮哉さんのパジャマだ。

ベッドから下りてパジャマに手を伸ばす。そして、それをギュッと抱き締めた。

そこから香ってくるのは、柔軟剤の匂い。だけど、なんとなく彼の体温が感じられるような気がした。

「……着ちゃおうかな」

彼のパジャマを着たからって、ぬくもりを感じられるわけじゃない。それでも、彼に包まれているような気持ちにはなれるだろうか。

着ていたパジャマを脱ぎ捨て、彼のパジャマを着てみる。

「うわぁ……ブカブカだ」

上着のみ着てみたのだが、手は出ないほどに袖は長く、裾(すそ)に至っては膝上五センチほど。

亮哉さんと私の体格差を感じる。

姿見の前でクルリとターンをしたあと、自分自身をギュッと抱き締めた。そのまま項(うな)垂(だ)れつつベッドに再びダイブする。

そして、亮哉さんの枕に顔を埋めた。

「亮哉さんの香りが……する」

亮哉さんのパジャマを着て、亮哉さんの香りが残る枕に顔を埋める。

そうすると、彼が今ここにいて、私を抱き締めてくれているように感じてきた。

彼の熱に包まれたい。ギュッと抱き締めてほしい。キスしてもらいたい。

（身体が……熱くなってきちゃった……？）

亮哉さん欠乏症は、なかなかに難儀だ。彼の気配や香りだけで、身体が疼いてしまうなんて。

私のハジメテはすべて亮哉さんだ。彼が私の身体を開発したと言っても過言ではない。

彼好みの身体になった私は、彼に食べられたくて仕方がなくなっている。

実は、彼とのエッチはかなりご無沙汰だ。

彼が出張に出かける前は月一のものがやってきたり、彼の仕事が忙しさを極めていたりしたためエッチすることができなかった。

抱き締められたい。亮哉さんに抱いてもらいたい……。そんな願望が、寂しさとともに込み上げてきてしまった。

このベッドで、何度亮哉さんに抱かれただろうか。寂しさのあまり、思い出してしまう。

（ダメだって！　思い出しちゃ……！）

亮哉さんは低く甘い声で何度も私の名前を呼び、悩殺ボイスで私をトロトロに溶かしていき……。

彼に耳元で囁かれたように感じて、胸がドキッと高鳴ってしまった。そのときだった。

「え？　え？　亮哉さん⁉」

携帯のディスプレイを見れば、亮哉さんの名前が。彼からの電話は久しぶりだ。

慌てて身体を起こし、通話ボタンをタップする。

「もしもし！　亮哉さんっ⁉」

思わず動揺してしまい、声が裏返ってしまう。

まさか貴方の留守中に、色々な妄想を繰り広げていたとは言えない。それもエッチ方面だなんて、口が裂けても言えないだろう。

お口チャック、と心の中で誓いつつ後ろめたさ満載で電話に出ると、クスクスと楽しげに笑う声が聞こえる。

電話越しだとはいえ、彼の声を聞いて嬉しくて堪らなくなってしまった。

やっぱり亮哉さんの声は、身悶えしてしまうほどに素敵だ。

実は亮哉さんと付き合い出してすぐ、毎週金曜日のご褒美タイムでもあったＡＭＢコーポレーション国内物流部への注文お伺いの電話は担当者が代わってしまった。

亮哉さんは商品管理部の課長に昇進したため、後釜として彼の後輩がその仕事を引き継いだからだ。

ご褒美(ほうび)だった〝電話の佐藤さん〟とのやり取りがなくなった上、同棲をし始めたものだから亮哉さんと電話で話すこともほとんどなくなっていた。

少し寂しいなぁと思っていたので、こうして久しぶりに彼と電話で話せて嬉しい。

耳に響く彼の声は、まさに王子様を彷彿(ほうふつ)とさせるものだ。

心臓がドキドキしてしまうほど甘やかで魅力溢れる声。亮哉さんに会う前は、ずっとそんなふうに思っていた。

実際の彼はぶっきらぼうで、どちらかというと騎士と言った方がいいような人。無骨だけど、とても優しい男性だ。

久しぶりに耳に響く亮哉さんの声にうっとりしていると、彼は探るような口調で聞いてきた。

『なぁ、奈緒子』

「はい」

『お前、今なにしていた?』

「な、な、なに……って?」

動揺して声が裏返ってしまった。これでは「内緒にしておきたい〝何か〟をしていました」と言っているようなものだ。

慌てて取り繕おうとしたのだが、その行為がますます彼に疑惑を抱かせることとなってしまった。

クツクツと意地悪く笑う声が聞こえる。こんな笑い方をしている彼は、絶対に絶対に何か企んでいる。

戦々恐々としている私に、彼は大人な男を前面に出した色気たっぷりの声で聞いてくる。

『何をしていた？』

「べ、別に……。もう寝ようかなぁと思ってベッドにいましたよ？」

嘘ではないけど、隠していることはある。心臓がバクバクといっていて、彼の声が聞こえづらい。そんな私に対し、彼は噴き出して小さく笑った。

『奈緒子』

「はい」

『俺がいなくて寂しいからって、俺の服とか着ていないか？』

「ど、どうして。それを知っているんですか⁉」

思わずベッドルームを見回し、どこかにWebカメラが設置されていて監視されていないかを疑った。

だが、すぐに気がつく。私は、バカ正直に肯定してしまっていたことに。

すぐさま電話を切ってしまいたいほど恥ずかしがっていると、亮哉さんはその答えを教えてくれた。

『奈緒子の声』

「え?」

『セックスしているときみたいに、甘ったるくてセクシーな声をしていたからな。何かしているのかって想像するだろう』

「……っ!」

後ろめたい気持ちを抱きながら電話に出たとはいえ、そんな声を出した覚えはない。

それなのに、私の声を聞いて状況を把握してしまったなんて。亮哉さん、恐るべしだ。

慌てふためいていると、私に負けず劣らずなセクシーな声——私がそんな声を出していたとはとても思えないのだが——で聞いてくる。

『で? 今、どんな格好しているんだ?』

「……」

『奈緒子?』

「言わなきゃ、ダメですか……?」

恥ずかしくて言いたくはない。そんな私の気持ちをわかっているくせに、わざわざ聞いてくるなんて意地悪だ。

顔を火照らせて亮哉さんに問いかけたのだが、きっぱりと言い切られる。

『言わなきゃダメだな』

「ええ……？」

躊躇していると、亮哉さんはどこか熱が込められたような吐息交じりの声で囁いてきた。

『ずっと奈緒子に触れていないから……想像だけでもしたい。可愛い奈緒子の姿を』

「っ！」

私も彼と同じことを考えていたからこそ、彼のパジャマを着て、彼の枕を抱きしめていたのだ。

亮哉さんの気持ちがわかるからこそ、彼のお願いを拒否できない。

『なぁ……教えてくれ、奈緒子』

そんな切なそうな声で懇願してくるなんて卑怯だと思う。だけど、私は亮哉さんのお願いに弱い。着ている彼のパジャマの裾を引っ張りながら、小さく呟く。

「亮哉さんのパジャマの……上着を着ています」

『どうして？』

「どうしてって……」

そんなの決まっている。亮哉さんに会えないことが辛くて、切なくて堪らなかったからだ。

少しでも彼の気配を感じたくて、我慢できなくなって……

黙りこくる私に、電話口の亮哉さんは蕩けてしまいそうなほど甘い声で再度聞いてくる。

『奈緒子は、どうして俺のパジャマを着たんだ？』

私は羞恥に耐えながら、小さく呟いた。

「……寂しかったから」

『奈緒子？』

「亮哉さんに抱き締めてもらいたくなったから……です」

「っ」

正直に自分の気持ちを告げると、亮哉さんが息を呑んだのがわかった。だが、すぐに彼は意地悪く問いかけてくる。

『見たいな、奈緒子の今の格好。教えてくれ。どんな感じ？』

「どんな感じって……」

大いに困っていると、彼は砂糖菓子みたいに甘く蕩けてしまいそうな声でお願いしてきた。

『教えて、奈緒子』

そんな声でお願いされたら、困ってしまう。亮哉さんに懇願されて、ダメだなんて言えない。

躊躇しながらも、正直に自分の今の格好を彼に告げてしまう。

「上着だけなんですけど、ブカブカです。袖から手が出なくて捲っています」

『ふーん。上着だけってことは、下はズボンを穿いていないのか？』

「……はい」

「っ」

亮哉さんの息を呑む音が微かに聞こえる。そんな声さえも、あり得ないほどセクシーに感じるのだから堪らない。

『じゃあ、奈緒子のキレイな脚が剥き出しになっているってことか』

「……っ！」

『想像するだけで、そそるな……』

「りょ、亮哉さん……っ！」

『俺が帰ったら、もう一度その格好をしてくれ』

今度は私が息を呑む番になってしまった。心臓の音がより大きくなり、居たたまれなくなってしまう。

声にならない叫び声を上げて突っ伏したくなっていると、彼はもっと甘く吐息交じりで囁(ささや)いてきた。

『奈緒子の脚を、余すことなく舐め回したいな』

「りょ、亮哉さん……っ！　何を言っているんですか！」

そんなふうに言わないでほしい。耳まで熱を持つほど恥ずかしがっていると、彼はふて腐れたように言う。

『我慢しているのは、奈緒子だけじゃないぞ？』

「え？」

『俺だって、ずっと我慢している』

「亮哉さん？」

『奈緒子に触れたい。押し倒してキスしたい』

「ちょ、ちょっと……！」

亮哉さんが、すごいことを言い出した。止めようとした矢先、彼は深く息をついた。

『はぁ……ダメだな』

「え？」

『奈緒子が足りなくて、おかしなこと言ったな』

照れた声が聞こえる。彼のことだ。頬をほんのりと赤くさせて恥ずかしがっているのだろう。

だけど、聞いていたこちらだって恥ずかしくて堪らなくなる。

亮哉さんは、結構自分の欲望を隠さず伝えてくる人だ。その割には、あとで恥ずかしがっているのを見ることが多いけど。

亮哉さんの顔を思い浮かべていたら、ますます彼に会いたくなってしまった。

「会いたいな……。亮哉さんに」

ポロリと本音が飛び出してしまい、慌てて口をつぐむ。こんな我が儘を言って、彼を困らせたくない。

亮哉さんは、無言のままだ。やっぱり、彼を困らせてしまったのだろう。

(どうしよう！　言うつもりなんてなかったのに！)

彼は、仕事で家を空けているのだ。遊びで名古屋に行っているわけじゃない。

わかっているのに、どうしてそんなことを言ってしまったのか。

どうやって取り繕えばいいのか。必死に考えていると、亮哉さんが甘ったるい口調で言ってきた。

『俺だって同じ気持ちだ』

「え？」

『奈緒子に会いたい……』

「っ！」

耳をくすぐる甘美な声は、仕事でやり取りをしていた頃の〝電話の佐藤さん〟とは違った。

美声であることは間違いない。ドキドキするほど魅惑溢れる声は、健在だ。

だけど、その素敵な声にセクシーさもプラスされていて、心臓が破裂しそうなほどにドキドキしてしまう。

甘さも加わった彼の声は、向かうところ敵なし。最強だ。

高鳴る鼓動をなんとか抑えようとしている私に、彼は再び囁（ささや）いてきた。

『奈緒子を、連れてきてしまえばよかったな』

「え？」

『名古屋に』

「ダメですよ、亮哉さん。お仕事でしょ？」

寂しくて落ち込んでいる私を宥（なだ）めようと思って言ってくれたのだろう。彼の優しさを感じて、ほんわかと気持ちが軽くなる。

「大丈夫です。あと一週間だもん。我慢できます」

『……』

「亮哉さん？」

彼に心配をかけさせたくなくてわざと明るい声で言ったのに、彼は返事をしてくれない。

どうしたのかと思っていると、亮哉さんは小さく息を吐き出した。

『奈緒子が大丈夫でも、俺が大丈夫じゃない』

「え？」

『今すぐ、奈緒子を連れ去りたい……』

「っ！」

『奈緒子が足りなくて、俺は倒れそうだ』

クスクスと笑う、亮哉さんの声が心地いい。それに、二人して同じことを考えていたなんてと嬉しくなる。

「私が足りないんですか？」

『ああ、足りない』

「倒れそうなんですか？」

『ああ。早く奈緒子を抱き締めないと息もできなくなりそうだ』

即答だ。嬉しくて思わずにやついてしまう。

顔が直接見えない電話だからこそ、恥ずかしさを少しだけ抑えることができるのだろうか。

いつもなら言わないであろう言葉が、彼の口から飛び出してくる。もちろん、それは私にも同じことが言えるのだけど。

「私も同じです」

『奈緒子』

「私も、亮哉さん欠乏症です」

言っていて恥ずかしくなる。だが、それでもやっぱりこれは私の本音だ。

恥ずかしすぎて、なんだかおかしくなってきた。

二人で同時に噴き出してしまう。でも、こんな空気の方が、私たちらしいかも。

クスクスと笑い声を上げていると、急に笑いを止めた亮哉さんが甘く囁いてきた。

『ますます奈緒子を抱きたくなってきた。我慢できるのか、俺』

「我慢してください！　他の人にしちゃイヤですからね！」

思わず出てしまった独占欲と嫉妬心。それを感じ取った彼は、柔らかい声で笑った。

『バーカ。こんなに可愛い彼女がいるのに、他の女に手を出すわけないだろう？』

「亮哉さん」

『奈緒子以外の女なんていらない。奈緒子だけいればいい』

きっぱりと言い切る彼の声を聞いて、愛されていることを実感して胸がいっぱいになる。

ドキドキしすぎてどうしよう。そんな気持ちを抱いていた私に、亮哉さんは腰が甘美で震えるほどセクシーな声で囁いてくる。

『帰ったら容赦しないから。奈緒子がドロドロに蕩けてしまうぐらい可愛がってやるから、イイ子で待っていろよ？』

「もちろんです！　望むところですよ！」

グッと拳を作って宣言すると、亮哉さんは楽しげに、そして嬉しそうに笑った。

だが、急に声色が真剣味を帯びる。

『愛している、奈緒子』

「え？」

『帰ったら、何度だって言ってやるから。じゃあな』

なんだか恥ずかしそうな声で言うと、すぐさま電話が切れてしまった。

亮哉さんも我に返って羞恥に耐えられなくなったのだろうか。

きっと彼のことだ。顔を真っ赤にさせて手で顔を隠して悶えているに違いない。

そんな亮哉さんの姿を想像すると、心がほんわかと温かくなる。

「早く、亮哉さんに愛してもらいたいな」

あと一週間。愛と気力で乗り切るしかない。

彼が帰ってきたら、めいっぱい甘えて、愛して愛されて……そして、蕩け合ってしまおう。

彼の熱を思い出し、そのまま眠りこけてしまった私はまだ知らない。

一週間後、あり得ないほどの愛撫をされ、耳を押さえたくなるほど恥ずかしくなる言葉をたくさん言われて、身悶(みもだ)えることを。

何度も何度も抱かれて、脚に力が入らなくて会社を休む羽目になることを。

「亮哉さん、おやすみなさい」

私は彼の悩殺ボイスを思い出しながら、甘ったるい夢の中へと落ちていった。

二十九歳の内気なOL・咲良はある日、叔母の指示で六歳年下のイケメン御曹司、春馬とお見合いをすることに。若い相手に驚く咲良。理由を聞いたところ、彼の実家の会社が経営危機で叔母の会社とどうしても提携をしたいのだとか。そして叔母が出した提携の条件が咲良との結婚……つまり、政略結婚！　なのに彼は政略結婚とは思えないほど猛アプローチしてきて――!?

B6判　定価：704円（10%税込）ISBN 978-4-434-24060-7

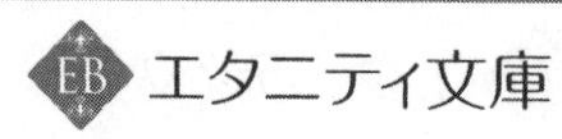

策士な彼のカゲキな愛情!?

エタニティ文庫・赤

甘すぎる求愛の断り方

橘 柚葉（たちばな ゆずは）　　装丁イラスト／青井みと

文庫本／定価：704円（10% 税込）

過去の恋愛トラウマのせいで、眼鏡男子を避けている遙は、ある日、職場の先輩から爽やか眼鏡男子のお医者様を紹介される。スムーズにお断りするため、彼の好みとは真逆のタイプを演じようするのだけれど……彼は全く気にする様子もなく、むしろグイグイと迫ってきて!?

※エタニティブックスは大人の女性のための恋愛小説レーベルです。ロゴマークの色で性描写の有無を判断することができます（赤・一定以上の性描写あり、ロゼ・性描写あり、白・性描写なし）。

詳しくは公式サイトにてご確認ください。
https://eternity.alphapolis.co.jp

携帯サイトはこちらから！

～大人のための恋愛小説レーベル～

ETERNITY エタニティブックス

四六判
定価：1320円（10%税込）

エタニティブックス・赤

偽りの恋人は 甘くオレ様な御曹司

橘 柚葉

装丁イラスト／浅島ヨシユキ

意に染まぬ婚約をどうにか破棄したい伊緒里は、ある日婚約者に迫られて貞操の危機に！　焦った彼女は、とっさに幼馴染でかつての兄代わりである上総に助けを求め、恋人役をしてもらう。ところが「お芝居」のはずなのに、彼は何度も甘く淫らなキスをしてきて……!?

四六判
定価：1320円（10%税込）

エタニティブックス・赤

策士な彼は こじらせ若女将に執愛中

橘 柚葉

装丁イラスト／園見亜季

潰れかけた実家の旅館で若女将になる覚悟を決め、海外へ行く恋人・直と別れた沙耶。その後は、旅館再建に奔走していたけれど……ある日、銀行の融資担当者から、融資の代わりに結婚を迫られた！　やむを得ず条件を呑んだ直後、沙耶の前に再び直が現れて!?

※エタニティブックスは大人の女性のための恋愛小説レーベルです。ロゴマークの色で性描写の有無を判断することができます（赤・一定以上の性描写あり、ロゼ・性描写あり、白・性描写なし）。

詳しくは公式サイトにてご確認ください。
https://eternity.alphapolis.co.jp

携帯サイトはこちらから！

本書は、2018年1月当社より単行本として刊行されたものに、書き下ろしを加えて文庫化したものです。


この作品に対する皆様のご意見・ご感想をお待ちしております。

おハガキ・お手紙は以下の宛先にお送りください。

【宛先】

〒150-6008 東京都渋谷区恵比寿4-20-3 恵比寿ｶﾞｰﾃﾞﾝﾌﾟﾚｲｽﾀﾜｰ 8F
（株）アルファポリス　書籍感想係

メールフォームでのご意見・ご感想は右のＱＲコードから、
あるいは以下のワードで検索をかけてください。

アルファポリス　書籍の感想　［検索］

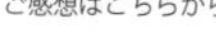
ご感想はこちらから

エタニティ文庫

電話の佐藤さんは悩殺ボイス

橘 柚葉

2022年1月15日初版発行

文庫編集－熊澤菜々子
編集長－倉持真理
発行者－梶本雄介
発行所－株式会社アルファポリス
〒150-6008 東京都渋谷区恵比寿4-20-3 恵比寿ｶﾞｰﾃﾞﾝﾌﾟﾚｲｽﾀﾜｰ8F
TEL 03-6277-1601（営業）　03-6277-1602（編集）
URL https://www.alphapolis.co.jp/
発売元－株式会社星雲社（共同出版社・流通責任出版社）
〒112-0005 東京都文京区水道1-3-30
TEL 03-3868-3275
装丁イラスト－村崎翠
装丁デザイン－ansyyqdesign
印刷－中央精版印刷株式会社

価格はカバーに表示されてあります。

落丁乱丁の場合はアルファポリスまでご連絡ください。

送料は小社負担でお取り替えします。


ISBN978-4-434-29868-4 C0193